Sergio Arouca
UM CARA SEDUTOR

coleção
EncAnto
RAdical

Sergio Arouca
UM CARA SEDUTOR

Marília Bernardes Marques

editora brasiliense

Copyright © by Marília Bernardes Marques, 2007
Nenhuma parte desta publicação pode ser gravada,
armazenada em sistemas eletrônicos, fotocopiada,
reproduzida por meios mecânicos ou outros quaisquer
sem autorização prévia da editora.

Primeira edição, 2007

Coordenação editorial e de produção: *Maria Célia Wider*
Produção gráfica: *Thiago B. Lima*
Produção editorial: *Dosh Crisci Manzano*
Revisão: *Vanessa de Paula*
Capa: *Equipe editorial Editora Brasiliense*
Foto da capa: *Nana Moraes*

Dados Internacionais de Catalogação na Publicação (CIP)
(Câmara Brasileira do Livro, SP, Brasil)

Marques, Marília Bernardes
Sergio Arouca : um cara sedutor / Marília Bernardes Marques.
São Paulo : Brasiliense, 2007. -- (Coleção encanto radical ; 85)

ISBN 978-85-11-00117-4

1. Arouca, Sergio, 1941 - 2003 2. Médicos - Brasil - Bibliografia I. Título. II. Série.

07-8817   CDD-610.981092

Índices para catálogo sistemático:
1. Brasil: Médicos sanitaristas: Biografia e obra   610.981092

editora brasiliense s.a.
Rua Airi, 22 - Tatuapé - CEP 03310-010 - São Paulo - SP
Fone/Fax: (0xx11) 6198-1488
www.editorabrasiliense.com.br

livraria brasiliense s.a.
Av. Azevedo, 484 - Tatuapé - CEP 03308-000 - São Paulo - SP
Fone/Fax: (0xx11) 6197-0054
livrariasbrasiliense@editorabrasiliense.com.br

Índice

Notas da autora .... .07
A última cena .... .16
O sanitarista .... .18
De volta à década de 1960 .... .40
Em Campinas .... .62
Da Medicina Preventiva à Medicina Social .... .91
Em Montevidéu 112
A saída da Unicamp 125
No Rio de Janeiro 133
O Alhambra de Manguinhos 141
Os anos na Escola Nacional de Saúde Pública 146
Resgatando a alma da Fundação Oswaldo Cruz 161
Um político ético em Brasília 173
Afetos 182
Agonia e morte 185
Epílogo 187

NOTAS DA AUTORA

Com este novo volume, a Editora Brasiliense acrescenta mais uma celebridade de encanto radical à sua coleção: o médico sanitarista, intelectual e político Antonio Sergio da Silva Arouca (1941-2003), um cidadão brasileiro tão demasiadamente comum quanto um ser humano admirável, dotado de qualidades excepcionais. Trata-se da figura pública de maior expressão no Brasil, até o presente, nas batalhas em defesa da criação e consolidação no País de um sistema único de saúde, público e de alcance universal. Não é exagero algum afirmar que, nas últimas quatro décadas, essa luta e suas conquistas essenciais se confundiram com a própria história pessoal, profissional e política de Sergio Arouca.

Quero, com estas notas, prestar alguns esclarecimentos sobre o processo de elaboração deste volume. E começo esclarecendo o que ele não se propõe ser. Não pretendi desenvolver um trabalho acadêmico sobre aquela que considero a liderança central da - denominada *Reforma Sanitária Brasileira*. Não me propus tampouco a adentrar pela análise conexa da constituição da Saúde Pública – ou Coletiva, como muitos a preferem denominar –, enquanto campo dotado de interesses corporativos próprios e de saberes e práticas específicas. Nos últimos quarenta anos, esses temas, contundentes para a realidade brasileira, têm sido estudados e pesquisados nos espaços acadêmicos apropriados, com a devida profundidade e abrangência.

Bem antes que a idéia deste livro amadurecesse, em função de minhas atividades profissionais, já mantinha longa familiaridade com a evolução de tal universo temático. Não faço agora essa afirmação para me vangloriar – e também não sou de exibir falsa modéstia em tempos de tanta concorrência! – e sim para esclarecer que, nessa tarefa, não parti de uma revisão bibliográfica exaustiva, como é de praxe no meio acadêmico. Bastou-me proceder a uma busca mínima de informações adicionais às consultas que fiz ao meu acervo particular. E não seria justo deixar de reconhecer de público que, para mim, foi bastante gratificante reler as contribuições que focalizam a evolução nas últimas décadas do assim chamado movimento sanitarista ou sanitário brasileiro. Dentre estas, destaco a valiosa releitura de *Reviravolta na saúde: origem e articulação do movimento sanitário*, livro baseado na dissertação de mestrado de Sarah Escorel e na qual Sergio Arouca, além de ter sido o orientador, foi entrevistado pela autora.[1] Outros trabalhos – até então novos para mim, que não os

[1] Escorel, Sarah. *Reviravolta na saúde: origem e articulação do movimento sanitário*. Rio de Janeiro: Editora Fiocruz, 1998. 208 p.

conhecia – foram particularmente importantes, como os que analisam o programa pioneiro de educação médica e de saúde da comunidade desenvolvido na cidade de Paulínia, interior de São Paulo, e os que descrevem detalhadamente as crises políticas observadas na Universidade Estadual de Campinas, a Unicamp, na década de 1970. [2, 3, 4]

Desde o início da década de 1990 sou uma assídua navegante da Internet. Como não poderia deixar de fazer, transitei a esmo e por horas a fio pelos caminhos virtuais da *world wide web* em busca de informações, sobretudo biográficas. No entanto, como é habitual nesse veículo, a maior parte das fontes pesquisadas permanece na superfície dos fatos. Mas algumas notas eletrônicas breves sobre Sergio Arouca, ainda que sucintas, são, sem dúvida, ferramentas úteis para introduzi-lo aos que pouco ou nada sabem a seu respeito.

2 Briani, Maria Cristina. História e construção social do currículo na educação médica: a trajetória do curso de medicina da Faculdade de Ciências Médicas da Unicamp. Dissertação (mestrado), Universidade Estadual de Campinas, Faculdade de Educação, Campinas, SP: {sn}, 2003.

3 Andrade, Maria da Graça G. O ensino médico e os serviços de saúde: estudo de caso do Projeto Paulínia, 1995. Tese de Doutorado, Universidade Estadual de Campinas, Faculdade de Ciências Médicas, Campinas, SP: {sn}, 1995.

4 Muitas das informações sobre a Unicamp nas décadas de 1960, 1970 e 1980 foram obtidas em O Mandarim. Uma história da infância da Unicamp. Trata-se do livro do jornalista Eustáquio Gomes, publicado em capítulos no Jornal da Unicamp, a partir da Edição número 313, de 20 de fevereiro a 5 de março de 2006. Disponível aos 06/05/2007 em: <http://www.unicamp.br/unicamp/unicamp_hoje/ju/fevereiro2006/ju-313pag6-7.html#cap1>

NOTAS DA AUTORA

Existem, porém, duas bases de dados e informações virtuais bem mais abrangentes. A principal delas é a Biblioteca Virtual Sergio Arouca, da Fundação Oswaldo Cruz (Fiocruz). [5] Espero que essa fonte seja aprimorada continuamente. A outra base contempla as informações e depoimentos compilados para a pesquisa *"Memória e Patrimônio da Saúde Pública no Brasil. A Trajetória de Sergio Arouca"*, um trabalho coordenado por Regina Abreu e Guilherme Franco Neto, do Programa de Pós Graduação em Memória Social, integrante da linha de Pesquisa Memória e Patrimônio da Universidade Federal do Estado do Rio de Janeiro (UNIRIO). [6]

Foi, porém, frustrante encontrar disponível um número tão reduzido dos incontáveis depoimentos do próprio Arouca. Não obstante, a possibilidade de incorporar ao texto ao menos um pouco de suas palavras, exatamente como proferidas, foi assegurada. Em compensação, nas duas fontes de informação virtuais mencionadas encontrei diversos depoimentos de jornalistas, personalidades do mundo artístico, políticos, profissionais do meio acadêmico e amigos. Foram de grande valia, tanto que sequer cogitei efetuar entrevistas adicionais. Apenas efetuei alguns ajustes editoriais nos trechos extraídos desse conjunto de depoimentos. Do material jornalístico divulgado por ocasião do seu falecimento selecionei alguns pronunciamentos, apenas dispensando os impregnados daquele exagero compreensível diante da comoção que a morte sempre provoca.

Não caberia, nestas notas, discorrer sobre aspectos como neutralidade e didatismo, pois dizem respeito a certas regras que regem

---

5 <http://bvsarouca.cict.fiocruz.br/>
6 Disponível aos 12/08/2006 em:<http://www.unirio.br/cch/mestradomsd/arouca/>

o trabalho acadêmico e não se aplicam ao caso presente. Mas mesmo assim, o leitor me desculpe se encontrar, aqui e acolá, ao longo deste livro, algum viés dessa ordem. Peço-lhe que debite essas eventuais escorregadelas na conta de minha longa vivência profissional nesses ambientes.

Em meio a trabalhos acadêmicos, informes biográficos demasiadamente resumidos, bases de dados virtuais, extrapolações emotivas e depoimentos variados, encontrar o tom apropriado para construir o presente livro tornou-se para mim um verdadeiro desafio! Às dificuldades impostas pela relativa escassez de fontes, somava-se minha falta de experiência com trabalhos dessa natureza.

Optei por focalizar o homenageado desde uma ótica bastante pessoal. Afinal, se a sugestão para este livro partiu da Editora, a decisão de aceitar o desafio de elaborá-lo foi de ordem estritamente pessoal! E aceitei porque, além de ter encarado o convite para escrever sobre Sergio Arouca como uma verdadeira convocação, não iria perder a oportunidade de descrever a beleza que uma amizade intensa de quase quarenta anos pode contemplar! E foi assim que me propus recordar os bons e os maus momentos de nosso relacionamento desde bem antes da emergência da figura pública celebrada que ele foi. Confesso que tive que fazer um esforço nada pequeno para reunir fragmentos esparsos e esfumaçados em minha memória, já um tanto quanto vitimada pela ação implacável do tempo!

Escolha feita, eu passei a ser fiel apenas às minhas recordações! E assim, além da seleção e incorporação de referências bibliográficas, biográficas e trechos de diversos depoimentos, o único método que observei na realização desta tarefa – se é que assim posso dizer, já resvalando na armadilha do cientificismo – foi manter a disciplina necessária para mergulhar por horas e horas e dias sem fim nas águas profundas de minhas lembranças!

E, num esforço derradeiro, e acima de qualquer outro interesse, para ser coerente com o meu propósito de honrar a memória de um amigo muito especial, tratei de *ousar*, como Arouca gostava de dizer. Assim, em alguns momentos da narrativa é provável que o leitor possa suspeitar de algum acerto tardio de contas. Por um lado, considere isso natural, pois, como a narração diz respeito a seres humanos comuns, fica preservado o meu direito de abordar as fraquezas pessoais que julgar conveniente e de omitir o que bem entender. Pelo outro, em momento algum se esqueça, porém, de que tratei de ser leal ao sentimento respeitoso que sempre dediquei a Sergio Arouca!

O presente livro nada tem de ficcional, não é fruto puro do meu imaginário. E nada do que relatei foi simplesmente observado por mim à distância, como quem assiste a um espetáculo desde um ângulo privilegiado. Ao contrário, ao longo de quase quarenta anos envolvi-me sempre intensamente nos acontecimentos expostos. Dediquei, porém, uma parcela maior aos primeiros anos de amizade devido à essencialidade explicativa que os mesmos tiveram para muitos dos aspectos de uma longa história compartilhada, e cuja relevância, não obstante, foi sendo redescoberta aos poucos, não intencionalmente, e apenas durante o processo de elaboração destas minhas narrativas.

Certamente haverá quem interprete os parâmetros que escolhi como limitações. Mas não me preocupei com o fato de que, com essa minha opção, deixaria de contemplar inúmeras passagens da vida de Sergio Arouca que não integram o arsenal de minhas recordações, porque não me propus, em momento algum, a descrever detalhadamente sua biografia institucional, sua história de homem público. Minha intenção jamais foi reescrever a biografia pessoal completa de Sergio Arouca ou, muito menos, elaborar um romance no estilo *confissões secretas e escândalos amorosos de...* Nada contra esse tipo de literatura, da qual não sou, porém, uma leitora habitual. Ademais, creio que assim não se esgotam as oportunidades para a criação de muitas outras versões, especialmente as oficiais, além das biográficas e das romanceadas, sobre as várias facetas públicas e privadas de tão notável personalidade. Seja como for, para o bem e para o mal – quem é que pode saber? – assumo a responsabilidade total por cada uma das palavras escritas neste volume. E estou consciente dos riscos que doravante assumirei.

Finalmente, acrescento algumas palavras sobre minhas angústias enquanto narradora-personagem. Ao descrever algumas passagens de uma história compartilhada, evitei cair na armadilha da autocrítica e distribuir experiências vivenciadas pelos dois pratos da balança para aferir perdas e ganhos com o passar dos anos. Com este livro, quis tão somente servir à preservação da memória de Sergio Arouca (ou ao menos de parte dela), sem dela me servir, mas não pude evitar o caminho autobiográfico. Afinal, são minhas memórias!

Saudades imensas do amigo querido, força impulsionadora da narrativa! Sempre fui sentimental e, é claro, não deixaria de sê-lo enquanto narradora! De nenhum modo, porém, as linhas escritas se justificaram somente pelo saudosismo! Registrar apenas sob a ótica do romantismo tudo o que aconteceu ao longo de tantos anos não faria justiça ao meu passado, nem muito menos ao de

NOTAS DA AUTORA

Arouca. Considero que não dei apenas um mergulho nostálgico no passado! Embora não possa deixar de dizer que, com a morte de Arouca, uma parte de mim foi-se embora.

Agora que vejo concluído o trabalho imaginado há pouco mais de três anos, posso dizer que, apesar de difícil, foi uma tarefa bastante agradável!

"... Pensei que te construía para a multidão, mas era para mim que te estava construindo... Queria ser eu só a ver-te, mergulhando na minha admiração. Senti por ti essa espécie de ciúme que deve empolgar um artista que mostra aos estranhos a sua obra. Que é que eles sabem de ti? Eu é que sei para onde se deve olhar. Eu é que sei onde ficaram as minhas noites, os meus olhos, a minha vontade: como os escultores sabem onde ficaram as suas mãos, os seus intuitos, e a obstinação da matéria viva em escapar...".

(Cecília Meireles, trecho da peça inédita de 1947, "Ás de Ouros").

CAPÍTULO 1

A ÚLTIMA CENA

Pela primeira vez as portas do centenário palácio se abriram para um velório. Por algumas horas seu corpo franzino ficou exposto no saguão, o rosto pálido, a careca assomando no topo da cabeça, os cabelos e a barba quase totalmente brancos, só que agora bem aparados.

Essa cena se deu exatamente três andares abaixo do salão majestoso do Castelo Mourisco, todo decorado com vitrais coloridos e arabescos de gesso, desde onde Sergio Arouca presidiu a Fundação Oswaldo Cruz, naqueles inesquecíveis dias entre 1985 e 1989.

As paredes do velho Castelo, já sem o esplendor do passado, estavam impregnadas de tristeza. Um vento morno e forte vinha da agonizante Baía da Guanabara. Soprava, soprava. Ecoava na sempre mal iluminada entrada principal, ameaçando atirar a qualquer momento e para bem longe, a bandeira verde-amarela que recobria o caixão.

Estavam lá os filhos, as ex-esposas, outros familiares, os amigos. E foi realmente um velório apoteótico! Centenas de pessoas compareceram: funcionários, pessoas de diversas instituições e organizações, políticos, militantes, jornalistas, algumas celebridades, pessoas desconhecidas, etc. Reuniam-se em pequenos grupos no amplo jardim da frente, nas praças laterais e no pátio dos fundos. Apinhavam-se na imponente escadaria frontal e esparramavam-se pela ampla varanda, adornada com os belos desenhos compostos de centenas de milhares de pequenos mosaicos portugueses coloridos e brilhantes que mandou restaurar.

Foi cremado. Como queria?

Agora, logo no início dos jardins que se antecipam às duas rampas laterais que levam ao Castelo, lá está sua estranha estátua de corpo inteiro. Imóvel, talhada no rígido metal, a reprodução quase fotográfica daquele gesto de acenar com os dedos finos da mão direita. Nem todos apreciam essa obra. Segundo algumas pessoas, ela tinha de ser menor que o busto de Oswaldo Cruz. Será?

CAPÍTULO 2

O SANITARISTA

Por quase quatro décadas andei por todo o Brasil, a comprovar a relevância da contribuição de diversas lideranças da Saúde, muitas delas integralmente dedicadas à causa da Reforma Sanitária Brasileira. Essa longa atuação na área, somada à minha não filiação partidária e ao fato de sempre ter tido aversão pelo corporativismo institucional sectário, me permitem afirmar – com a devida isenção e sem temor de estar cometendo qualquer injustiça – que nessa luta não houve liderança capaz de superar a força contagiante das palavras ou a autoridade intelectual de Sergio Arouca.

Arouca destacava-se como um cara extremamente sedutor em um ambiente onde dominam militantes esquerdistas de toda estirpe, a maior parte deles destituída de qualquer atrativo, quanto mais de capacidade para seduzir pessoas e multidões!

Tal poder de sedução era exercitado por meio de uma verve sempre afiada. Além de um grande orador, estava sempre pronto para contribuir, despretensiosamente, com uma visão bastante peculiar e bem-humorada sobre qualquer assunto.

Verdadeiro manancial-bípede de idéias originais possuía uma criatividade inata que parecia inesgotável. Beirava a genialidade! E costumava impregnar de humanidade os temas que abordava, quaisquer fossem eles. Seu raciocinar explodia cristalino quando se tratava de sinalizar rumos transformadores para o setor de saúde brasileiro. Apregoava e praticava a busca permanente do novo, desde muito antes da moda da inovação tecnológica pousar tardiamente no terreno das discussões sobre a política nacional de saúde.

Suas trajetórias pessoal, acadêmica e política, para o bem de todos nós, poderiam ter sido mais longas, mas a morte as interrompeu quando ainda mal começara a compreender o significado de ser um sexagenário. Nasceu em Ribeirão Preto aos 20 de agosto de 1941 e faleceu no Rio de Janeiro, no dia 2 de agosto de 2003. Foram 62 anos de vida incompletos, portanto! Sequer experimentou a desagradável sensação de ser tratado como velho ainda se sentindo e se vendo como um jovem! Antes isso, do que morrer!

Mas ao menos sua lúcida consciência política jamais se perdeu, nem mesmo quando já se encontrava face a face com a morte. Também preservou até o fim aquela meiguice que não o abandonava nunca, sequer por um minuto. Era meigo nos gestos e no falar. Seu olhar, sobretudo, era de uma meiguice impressionante! É difícil encontrar um homem brasileiro, macho ou *gay*, tão naturalmente meigo quanto ele.

Acho tolice fazer avaliações de como poderia ser o futuro de alguém, sobretudo depois que já se foi, mas, mesmo se vivo ele ainda estivera, seria difícil afirmar se continuaria ou não acumulando amigos e inimigos, sucessos e fracassos, amores e decepções. E que enfrentaria a senilidade com coragem. Ou se teria simplesmente preferido sair de cena!

Arouca tinha certo hábito que tanto pode ser um grave defeito, quanto uma qualidade, dependendo de quem o pratica. E de quem julga. E de como julga. Gostava ou parecia gostar de todo mundo! Pelo menos tratava a todos com extrema afabilidade, ainda quando fossem meros bajuladores de plantão! Para mim, alguém que, assim como ele, sempre acreditou tanto na força das relações pessoais, possui uma qualidade inerente e não um defeito. Era um cara bondoso! No entanto, por várias vezes pensei que Arouca se deixava manipular com facilidade, por fulano ou beltrano, enfim, por pessoas que circulavam ao seu redor, mais ou menos próximas. E, certamente, haverá de ter causado em outras pessoas, como em mim, essa impressão de dubiedade. Posso afirmar que ele arcou com as conseqüências positivas e negativas decorrentes desse seu modo gentil e educado de ser com todo mundo.

Apesar de usufruir de alta cotação na esquerda brasileira, sempre esteve muito longe de ser, nesse ambiente, uma unanimidade. Muito pelo contrário. Por várias vezes, em momentos políticos que pediam o diálogo, entrou em choque com posições ortodoxas. Nesse círculo de relacionamentos, como em qualquer outro, a competição é acirrada, as vaidades são exageradas, jorra muita intriga, e não é raro irromperem visões e posturas das mais autoritárias.

Foi o único espaço onde, por mais de uma vez, o vi sendo desrespeitado. Não me refiro aos questionamentos e divergências normais, mas às palavras lançadas com o único propósito de desafiá-lo em tom de deboche e emitidas por aqueles que, despreocupados com a própria arrogância, fincavam pé na defesa de posições políticas que o tempo mostrou equivocadas. Com a maturidade, Arouca aprendeu a engolir desaforos quando não tinha outro jeito. Por outro lado, não sendo um pusilânime qualquer, era capaz de se irritar e deixar bem evidente do que era capaz. Havia momentos em que, cara a cara, detonava o detrator, apenas usando argumentos. E era capaz até mesmo de se distanciar da pessoa, caso a afronta partisse de alguém por quem tinha afeto, o que não era difícil de acontecer. Não era, porém, um homem vingativo, do tipo que guarda rancor!

Por ter sido um conhecido comunista, foi nos ambientes fora do meio das esquerdas que presenciei o maior número de manifestações preconceituosas contra sua pessoa, não raro lançadas em tom de escárnio. Algumas dessas observações sarcásticas me deixavam irada, ainda mais quando ditas por quem eu não supunha capaz de ter pensamentos tão ordinários. Esse preconceito ideológico persiste até o presente, mas já foi bem mais intenso durante a ditadura militar e nos tempos imediatamente posteriores a ela. Leal, sempre me achei na obrigação de relatar-lhe imediatamente tais ataques, mas percebia que incomodavam mais a mim do que a ele!

Por defender posições técnicas numa área que é alvo, por todo o País, da cobiça de políticos atrasados, também foi vítima de ofensas pessoais caluniosas. A de maior repercussão ocorreu em 2001, quando ocupava o cargo de Secretário Municipal de Saúde do Rio de Janeiro. Ao lutar para evitar que a dengue, mais uma vez, explodisse na cidade, entrou em rota de colisão com o Prefeito

César Maia que o chamou de bêbado através da imprensa. Desde a primeira vez em que foi alcaide do Rio, César notabilizou-se pela expressão *"criador de factóides"*. Dessa feita, como de outras, exagerou na dose. Mas o Rio de Janeiro, que já tinha adotado Arouca, há muito tempo, como um seu cidadão muito especial, como um verdadeiro carioca, não o abandonou em função daqueles ataques baratos!

Apesar de paulista, se elegeu deputado pelo Rio de Janeiro por duas vezes na década de noventa. O veterano e irreverente cartunista Jaguar, conhecido desde a época áurea da criação do Pasquim, na década de sessenta, e um freqüentador assíduo do saudoso *Bar Jangadeiros*, situado em um dos lados da Praça General Osório, em Ipanema, quando Arouca faleceu deu uma declaração incontestável sobre o encantamento que o Rio sempre nutriu por ele: "O Rio – leia-se o Brasil – ficou mais pobre com a perda do paulista Sergio Arouca, grande carioca não nascido aqui, como o gaúcho João Saldanha. Foi embora cedo. Com tanto filho da puta neste país pra morrer, logo ele, sacanagem...".

Tenho comigo que, apesar do enorme talento político que Arouca possuía, a experiência como gestor nos sistemas estadual e municipal de saúde do Rio, além de arriscada, foi demasiado desgastante para ele em ambas as ocasiões. Mas ele sempre apreciou os grandes desafios e nesses períodos não deixou de obter conquistas razoáveis para a saúde pública regional!

Quando ocupava, nos anos oitenta, o cargo de Presidente da Fundação Oswaldo Cruz (Fiocruz), ganhou enorme visibilidade perante a sociedade brasileira. Foi nessa época que disse a famosa frase a respeito do vetor transmissor da dengue: "o mosquito não é federal, nem estadual e nem municipal!". Fosse dele ou não, tal frase agradou e daí em diante passou a ser repetida, em infinitas ocasiões, por muita gente. Tanto que, tempos depois, ouviu-se um famoso ex-ministro apropriar-se dela de público, várias vezes.

Não obstante, houve quem dissesse que Sergio Arouca usara a Fiocruz como simples trampolim para a política! Suposição totalmente injusta! E infundada, dado que lançada sobre quem jamais cogitou ser um alpinista político. Ou, muito menos, precisou recorrer a qualquer outro tipo de expediente escuso para subir na vida. Agora, a bem da verdade, é preciso dizer que, embora fosse um camarada despojado, até demais, sempre soube fazer bom uso do carisma de que era dotado. E, é claro, usava bem a inteligência brilhante com que também foi aquinhoado, esforçando-se para desenvolvê-la ao longo da vida! Além do que, sabia apreciar os constantes elogios que recebia! E que aparentavam fazer bem ao seu ego, à sua saúde mental. Os merecidos, naturalmente, dado que não se deixou cegar pela fama!

No entanto, a notoriedade que alcançou em todo o Brasil como um dos maiores – eu o considero o maior dentre todos – idealizadores e militantes do Sistema Único de Saúde (SUS) foi uma conseqüência da relevância que ganhou como presidente da histórica 8ª Conferência Nacional de Saúde, de março de 1986. E outras pessoas concordam comigo, como é o caso do veterano epidemiologista e ex-professor da USP, José da Rocha Carvalheiro que encontrou as palavras perfeitas para dizer que: "Ter exercido cargos públicos relevantes perde de goleada para o papel desempenhado como coordenador da 8ª Conferência Nacional de Saúde, em 1986. Esse momento mágico do Movimento Sanitário brasileiro teve em Sergio Arouca a liderança indispensável a uma conquista desse porte: a formulação do SUS".

Com efeito, em face da sua responsabilidade como presidente da *"oitava"*, como aquela conferência passou a ser chamada, Arouca andou por todos os cantos do País, quando verdadeiras multidões debateram o tema da *Reforma Sanitária Brasileira*. E, de fato, que momentos mágicos foram aqueles!

Até o presente, nenhuma outra conferência nacional de saúde superou a importância política da *"oitava"*, que, realmente, foi gigantesca. Realizada no contexto da redemocratização, logo depois de encerrado o período amargo dos vinte anos sob a ditadura militar, e, graças ao engajamento político progressivo de milhares de brasileiros, hoje é reconhecida como o marco do lançamento, ou mesmo a pedra fundamental, do Sistema Único de Saúde do Brasil, o SUS.

Nas descrições que Arouca deixou em alguns de seus memoráveis depoimentos, como a entrevista que deu para o Pasquim, em agosto de 2002 e intitulada *Doutor Democracia*, referiu-se à *"oitava"* com empolgação, chamando-a de "Primeira Conferência" da rica fase política que antecedeu a constituição do SUS: "... a primeira conferência, a oitava Conferência Nacional de Saúde, foi uma loucura! No começo da democracia, imagine o que foi reunir cinco mil pessoas num ginásio de esportes em Brasília, com tribos indígenas, associações de homossexuais, pacientes com hanseníase, os nefróticos crônicos e o sujeito sentado com o presidente da Academia Brasileira de Ciências, discutindo o modelo de saúde no Brasil! Todo mundo dizia: Isso não pode existir. Respondíamos: Existe. Nós vamos fazer. E fizemos! O Carlos Sant´Anna era o Ministro da Saúde. Cinco mil pessoas discutiam em grupos de 70-80 pessoas num ginásio de esportes. Saiu de lá a proposta do SUS com todos esses princípios e diretrizes. Isso foi em 1986, 1987. Foi no começo do governo Sarney...".

E, em entrevista ao RADIS (Reunião, Análise e Difusão da Informação – Comunicação em Saúde), em outubro de 2002, ele recordava: "Nessa época (em 1985-86), eu me torno presidente da Fundação Oswaldo Cruz, o Hésio Cordeiro se torna presidente do Inamps, Renato Archer começa a atuar na Ciência e Tecnologia e Waldir Pires assume a Previdência Social. Há um núcleo de pensamento da esquerda em conflito com um núcleo conservador. Carlos Sant´Anna, que ideologicamente era considerado conservador, mas que era um radical na área da saúde, se torna Ministro da Saúde. Começa aí a discussão em torno do primeiro passo a ser dado. O marco era transferir o Inamps para o Ministério da Saúde, e qualquer reforma deveria começar pela integração. Mas havia um problema: a Saúde estava na mão de um conservador e a Previdência com a oposição. Até que, na calada da noite, o Carlos Sant´Anna consegue um decreto que autoriza o Sarney a passar o Inamps para o Ministério da Saúde. Waldir Pires então veta o decreto, dizendo que o Inamps é um patrimônio dos trabalhadores e que por isso essa decisão deveria ser participada a eles".

Carlos Sant´Anna (1931-2003) e Waldir Pires: dois políticos baianos tradicionais que tiveram influência decisiva naquele processo! Revendo a década de oitenta nas palavras de Arouca, vemos que diante do impasse em torno da integração das velhas estruturas nasceu – para superá-lo – a idéia estratégica de sugerir a convocação de uma nova Conferência Nacional de Saúde, bem no começo da redemocratização do País: "Pensamos em fazer isso convocando uma Conferência. Mas, na época, as Conferências de Saúde eram espaços burocráticos, onde os temas e os resultados já estavam predefinidos. Propusemos então convidar a sociedade para discutir a questão e realizar uma conferência com a participação de 50% de usuários. A 8ª Conferência Nacional de Saúde conseguiu reunir, pela primeira vez, mais de 4 mil pessoas que trabalharam durante cinco dias consecutivos, produzindo relatórios diários e participando de uma assembléia final que durou mais de 24 horas. Da Conferência, sai o movimento pela Emenda Popular, a única emenda constitucional que nasce do movimento social".

Finalmente, dois anos depois, em 1988, se deu a criação do SUS, após aquela histórica emenda ter sido aprovada pela Assembléia Nacional Constituinte! Coroar-se-ia assim a trajetória vitoriosa do denominado *movimento pela Reforma Sanitária*. Essa designação, emprestada da Reforma Sanitária Italiana, passou a ser empregada no Brasil a partir dos anos oitenta, mas o movimento que deu início a ela, já vinha, desde as décadas de sessenta e setenta, desempenhando sua difícil missão, com crescente competência e organização.

E a liderança de Arouca não se firmou apenas no Brasil, mas se expandiu pelas Américas. Edmundo Gandra, respeitável militante da esquerda latino-americana no campo das questões de saúde pública disse a seu respeito: "Com Sergio, na América Latina, aprendemos que a Reforma Sanitária não era unicamente um processo técnico, mas, como ele dizia, tratava-se de um processo civilizatório que compreendia uma profunda mudança humana. A Reforma Sanitária se assenta em uma nova filosofia ética e comporta um amplo compromisso com os direitos humanos e com os direitos dos cidadãos".

Com efeito, a Reforma Sanitária não nasceu para ser apenas um processo técnico! Além de ter em vista uma profunda transformação no humano – nos costumes, nos comportamentos e nas relações sociais –, apresentava-se efetivamente com uma proposta de defesa da cidadania! Os propositores desse movimento até hoje lutam, fundamentalmente, para que prevaleça sempre a ética do respeito aos direitos humanos, mas foi nos tempos políticos em que tais direitos eram sobeja e radicalmente desconsiderados que ocorreram os primórdios dessa verdadeira corrente em prol da cidadania.

Nas várias entrevistas que deu pouco tempo antes de morrer, Arouca recordou as relações históricas que existiram no Brasil entre os primeiros acontecimentos, sucessivos e interligados, como que a formar os elos de uma cadeia, e que culminariam na criação do SUS. Vão do início do desenvolvimento no Brasil da disciplina acadêmica da Medicina Preventiva, passam para a evolução desta para Medicina Social e abrangem o movimento pela Reforma Sanitária: "Na área da saúde, existia a idéia clara de que não poderíamos fazer disso uma esquizofrenia, ser médico e lutar contra a ditadura. Era preciso integrar essas duas dimensões. O espaço para essa integração era o da Medicina Preventiva, movimento recém-criado no Brasil, que começou na Escola Paulista de Medicina, em Ribeirão Preto, e na Universidade Federal do Rio de Janeiro (UFRJ)".

Com esta afirmação, Arouca esclarecia, em definitivo, que o marco de início desse processo foi fincado em certos espaços institucionais universitários, desde onde se projetaria nacionalmente e para fora do Brasil. E, na já citada entrevista ao RADIS, repetiu com mais clareza que: "O movimento da Reforma Sanitária nasceu dentro da perspectiva da luta contra a ditadura, da frente democrática, de realizar trabalhos onde existiam espaços institucionais".

Não deixou de assinalar que passaram a ocupar o cerne do pensamento crítico os conceitos – ou o conceito – de saúde/doença, sua relação com o processo de trabalho e a discussão da determinação social da doença. Esse pensamento se estruturaria em certos espaços universitários, convertidos em verdadeiros nichos de resistência intelectual à ditadura militar: "A idéia era que o Sistema de Saúde não precisava mudar em nada, que se poderia deixar as clínicas privadas e planos de saúde como estavam e que bastava mudar a mentalidade do médico. O movimento da Reforma Sanitária cria uma outra alternativa, que se abria para uma análise de esquerda marxista da saúde, na qual se rediscute o conceito saúde/doença e o processo de trabalho, em vez de se tratar apenas da relação médico/paciente. Discute-se a determinação social da doença e se introduz a noção de estrutura de sistema. Começamos a fazer projetos de saúde comunitária, como clínica de família e pesquisas comunitárias, e fizemos treinamento do pessoal que fazia política em todo Brasil".

Quando o fim da ditadura se avizinha, o movimento social de luta pela saúde já tinha propostas consistentes e bem amadurecidas e que foram apresentadas no histórico documento denominado *Saúde e Democracia*. Previa-se a continuidade das propostas na democracia que se vislumbrava, agora em um horizonte bem mais próximo: "No PCB, havia uma dinâmica para o debate sobre saúde. Quando a ditadura chegou ao seu esgotamento, o movimento já tinha propostas. Não só criou quadros de profissionais, mas também meios de comunicação, espaço acadêmico consolidado, movimento sindical estruturado e muitas práticas. Assim, esse movimento conseguiu se articular em um documento chamado Saúde e Democracia, que foi um grande marco, e enviá-lo para aprovação do Legislativo. Nós queríamos conquistar a democracia para então começar a mudar o sistema de saúde, porque tínhamos muito claro que ditadura e saúde são incompatíveis. Nosso primeiro movimento era, portanto, no sentido de derrubar a ditadura, e não de melhorar a saúde. Tudo isso aconteceu antes da constituinte".

Apesar de ligado ao PCB, Arouca fazia questão de repetir, como o fez mais uma vez na entrevista que deu em 2002 ao Pasquim, que houve envolvimento direto e decisiva contribuição de vários atores, grupos e forças sociais no movimento pela Reforma Sanitária Brasileira: "O Partido Comunista Brasileiro tinha um papel central, com a maior organização e mais pessoas na área da saúde. Envolvia os movimentos de base da Igreja, os movimentos sociais comunitários, os movimentos de renovação do sindicalismo na área profissional de saúde, que começaram a expurgar os pelegos e a discutir uma nova forma de sindicalismo. Esse movimento cresceu muito como resistência à ditadura".

E, finalmente, chega 1988. Arouca encaminha e defende na Assembléia Nacional Constituinte a histórica emenda popular assinada por milhares de brasileiros. Essa emenda propunha incorporar na Carta Magna do Brasil o princípio central da *saúde como direito do cidadão e dever do Estado* e que doravante deveria fundamentar e orientar a criação de um sistema de saúde unificado, integrado: "Quando chega a Constituinte, esse movimento consegue gerar uma emenda popular que tive o privilégio e o prazer de, mesmo não sendo constituinte, apresentar na Assembléia Constituinte, com milhares de assinaturas do Brasil inteiro. Essa emenda popular colocava a saúde como direito do cidadão e dever do Estado, preceitos esses que deviam ser assegurados por um sistema de saúde unificado, acabando com a divisão de Ministério da Saúde e Inamps".

Para a estruturação do almejado sistema unificado propunha também as diretrizes da descentralização e da municipalização: "Esse sistema deveria ser descentralizado, quer dizer, deixar de resolver o problema do hospital de Batatais na Rua México, no centro do Rio de Janeiro, o que requeria começar um processo de municipalização que deveria ter um controle democrático". Não por acaso mencionou Batatais, cidade do interior paulista, próxima de Ribeirão Preto. Mais uma vez, como fez em tantas outras oportunidades em sua vida, o grande carioca de adoção escolhia para exemplo uma das pequenas cidades paulistas visceralmente ligadas à sua história pessoal!

E aquela ousada emenda popular propunha também a criação de um *Conselho Nacional de Saúde* com representação de usuários, e definia a Conferência Nacional de Saúde como a instância máxima do planejamento setorial da Saúde: "Tivemos a ousadia e alucinação de dizer que o sistema de saúde tinha de ter um Conselho Nacional de Saúde em que metade dos representantes seria de usuários e que esse modelo deveria ser repetido até o município. O princípio do planejamento de saúde deveria ser a Conferência Nacional de Saúde, que começa com conferências municipais e vai subindo, até uma grande Conferência Nacional de Saúde. Nessa Conferência definem-se diretrizes e, no mínimo, 50% dos presentes representam os usuários".

Realmente, uma alucinação, tendo em conta a predominância das visões conservadoras! E, como frisou apropriadamente, a Reforma Sanitária Brasileira "... não nasceu no interior do Estado, mas sim de movimentos sociais, (ela) deu certo... fez o texto da Constituição, criou as conferências". E, não tendo esse processo político emergido no interior do aparelho de Estado, ainda assim, foi uma reforma do Estado "... que fez a descentralização necessária, assegurada pelo SUS, e que promoveu a universalização de direitos". Enfatizou que, de fato, essa foi a primeira bem sucedida reforma do Estado acontecida no Brasil, pois "... nunca acontecera antes no País uma Reforma Sanitária". Ainda mais taxativo, afirmou que: "O SUS ainda é a única reforma que deu certo no Brasil nos anos recentes".

Não deixou de ressaltar que o SUS, apesar de constituído entre dois períodos ruins da história recente do Brasil, mesmo assim conseguiu sair vitorioso, por ter sido – ainda é – um projeto assumido e proposto pela sociedade: "Você vê que até nos piores momentos é viável montar um sistema público de saúde universalizado e descentralizado e com controle social! E que está funcionando! Quando chegou a época do Collor, tentaram desmontá-lo, mas não conseguiram, porque conquistou sustentação suprapartidária, passou a ser um projeto da sociedade. No Conselho começou todo um movimento de resistência à tentativa de mudança do SUS. As pessoas com necessidades especiais se mobilizavam".

Alguns anos depois da promulgação da Carta Magna de 1988, década de 1990 adentro, e já como Deputado Federal pelo Partido Popular Socialista, o PPS, do Rio de Janeiro, Arouca foi designado relator do processo de extinção do Inamps: "... todos achavam que era um suicídio, pois eu estava propondo a extinção de uma instituição com mais de cem mil funcionários e que iria mobilizar tanto trabalhadores quanto aposentados. De fato, sofri muita pressão. A surpresa é que, na hora da decisão final, as lideranças do Movimento dos Trabalhadores do Inamps eram favoráveis à extinção, em nome de um novo projeto".

Selou-se assim, finalmente, o destino da tão sonhada unificação proposta pelo movimento da Reforma Sanitária. No entanto, pouco mais de uma década depois da implantação do SUS, mas já em um novo século, em suas entrevistas, em tom angustiado Arouca lançava a seguinte indagação: "Qual é o nosso desafio hoje?".

Sentia-se compelido a retomar com urgência sua retórica crítica e afiá-la ainda mais para denunciar os rumos que o Sistema Único de Saúde tinha tomado! Não hesitou em afirmar categoricamente, do alto de sua lucidez, que o modelo que terminou se impondo, depois da unificação, estava falido! "Por quê? Porque nós conseguimos todo arcabouço legal e democrático de reformar o Estado, mas o conteúdo dele continuou sendo o da 'medicalização' da vida. Continuou sendo o conteúdo não da saúde, mas da doença. Continua sendo o conteúdo do hospital e não do atendimento básico na família." Enfatizava que "... Nós temos que retomar o conceito da Reforma Sanitária, para retomar políticas dentro do sistema sem burocratizá-lo".

Agudamente crítico, Arouca afirmava que, apesar da enorme conquista e dos avanços alcançados, o SUS e o Ministério da Saúde se encontravam encurralados pela 'medicalização'. E, de fato, ainda hoje, cinco anos depois daquela entrevista, assim permanecem! É evidente que as idéias de Arouca tinham avançado para muito além daquela antiga crítica à 'medicalização', extraída do filósofo austríaco Ivan Illich (1926-2002), um crítico social anarquista muito em voga na década de setenta. Incansável, repetia: "De um lado, o SUS avança por meio das Conferências, dos Conselhos, da municipalização, da universalização dos direitos. Por outro, na operação do modelo assistencial, segue a lógica do Inamps. O Ministério da Saúde é organizado segundo este mesmo modelo do Inamps, segundo a lógica hospitalar, com estrutura medicalizante". Não perdia a oportunidade de repetir que "... a 'inampização' do SUS nunca vai resolver os problemas da população". Desafio difícil! Quebrar a resistência inercial oferecida por uma estrutura imensa e pesada.

Tinha passado a defender a necessidade da *reforma* da Reforma Sanitária! Reiterava de público, que, na discussão sobre os rumos do tema da Saúde, o Brasil estava necessitando retomar os preceitos constitucionais de 1988: "É preciso retomar os princípios básicos da Reforma Sanitária, que não se resumiam à criação do SUS. O conceito saúde/doença está ligado a trabalho, saneamento, lazer e cultura. Por isso, temos que discutir a saúde não como política do Ministério da Saúde, mas como uma função de Estado permanente. À Saúde cabe o papel de sensor crítico das políticas econômicas em desenvolvimento. O conceito fundamental é o da intersetorialidade. Não basta aprofundarmos cada vez mais o modelo 'Ministério da Saúde e Secretaria de Assistência à Saúde', temos que discutir saúde segundo políticas intersetoriais. O modelo assistencial é anti-SUS. Aliás, o SUS como modelo assistencial está falido, não resolve nenhum problema da população. Esta lógica transformou o governo num grande comprador e todas as outras instituições em produtores."

Arouca não deixava de expor sua preocupação com a sombra negra que o setor conveniado privado, dos Planos de Saúde e de Seguro Saúde, poderia estar projetando sobre o SUS. Peremptoriamente, afirmou que: "O modelo assistencialista acabou universalizando a privatização". E prosseguia enfático em suas críticas: "A saúde virou um mercado, com produtores, compradores e planilhas de custo... O grande desafio que nós temos, imaginando o campo da oposição a esse modelo assistencial, é conseguir estabelecer um governo que tenha projeto e que não seja simplesmente um somatório de ministérios. Esse tipo de governo, onde sociedade, ministérios e secretarias são fraturados e onde cada um desses sujeitos compete com os outros, é uma falência".

Penso que essas críticas de Arouca foram apropriadas, profundas e construtivas e continuam oportunas ainda hoje. Mas, mesmo assim, é importante aclarar aqui que elas eram relativas à necessidade de certos aperfeiçoamentos e não traduziam uma simples negação ou uma rejeição total ao SUS. Com efeito, o modelo do sistema de saúde unificado brasileiro não tem cessado de incorporar aperfeiçoamentos e avanços, tornando-se admirado internacionalmente, apesar do atendimento médico-assistencial ainda ser muito centrado no hospital. E esse modelo *"hospitalocêntrico"* – como se costuma dizer – agrega desvios associados ao crescimento explosivo e predatório de um componente conveniado gigantesco e de um sistema suplementar paralelo ao SUS, que, embora previsto para ter uma atuação apenas complementar ao sistema público, passou, paulatinamente, a imiscuir-se em suas entranhas! Mas não se trata de ser radicalmente contrário à participação, ainda que apenas complementar, do setor privado na prestação de serviços médico-hospitalares no País. Arouca, a esse propósito, afirmou que "Podemos contratar o setor privado onde não existe o setor público, mas definindo prioridades e metas". O problema é que, na realidade, até o presente, esses dois sistemas se mantêm independentes e as poucas tentativas de complementaridade têm se dado em detrimento do SUS. Mas aqui não é minha intenção aprofundar a discussão das dificuldades e mazelas das políticas de saúde no País!

Arouca exerceria sua derradeira função pública no primeiro governo do Presidente Lula (2002-2006), assumindo o comando da Secretaria de Gestão Participativa, uma das secretarias nacionais que formam a estrutura do Ministério da Saúde. Nessa função foi nomeado para exercer a coordenação geral da 12ª Conferência Nacional de Saúde e indicado para ser o representante do Brasil na Organização Mundial de Saúde. A palavra *"participação"* é uma das muitas que o tempo transformou em mero e desgastado jargão das esquerdas brasileiras, mas o seu emprego, no caso, foi apropriado, considerando que a tarefa daquela Secretaria era, justamente, preparar uma 12ª Conferência Nacional de Saúde que igualasse ou até mesmo superasses a *"oitava"* em termos de engajamento popular.

Arouca jamais defendeu o fim das discussões infindáveis sobre planejamento e gestão do SUS. Gostava desses debates e, mesmo já enfermo, se empolgava com a possibilidade de voltar a eles na nova Conferência Nacional de Saúde: "Eu estou propondo a convocação de uma Conferência extraordinária, cujo tema é a mudança do modelo assistencial do SUS, acabando com a Secretaria de Assistência à Saúde (SAS) e com o pagamento por prestação de serviços, que seria substituído por um contrato global com metas de desempenho, qualidade e prioridades definidas pela população". Embora eu a considere perfeitamente coerente, não posso afirmar aqui que essa proposta ousada de acabar com a Secretaria de Assistência à Saúde, tantas vezes reiterada por Arouca – como fizera quando defendia a extinção do velho Inamps – evoluirá ou que será arquivada. E tampouco se ela ganhará novos defensores e opositores. A história dará a resposta!

Considerava ainda que a inserção do denominado *Programa Saúde da Família* no SUS poderia ser bastante estratégica, ao deflagrar uma espécie de "efeito cascata", ou seja, capaz de determinar modificações estruturais importantes em todo o sistema. Falando a respeito, mais uma vez, não deixou de lançar sua crítica à condução da política de saúde no Rio: "O PSF (Programa Saúde da Família), por exemplo, pode ser entendido de duas maneiras. Ele pode ser simplesmente mais um programa paralelo, como no Rio de Janeiro, onde dez equipes de Saúde da Família não representam nada, ou pode ser um modelo reestruturante do sistema de saúde, no qual uma equipe dará atendimento personalizado às famílias segundo o conceito de desenvolvimento local, integral e sustentável".

Fui testemunha do quanto Arouca ansiou ao longo de sua vida que a discussão sobre política de saúde abandonasse a inalterabilidade, saísse da mesmice e partisse em busca de reencontrar o caminho da criatividade, da ousadia! Nem a gravidade da doença, que já o consumia, o impedia de pensar e agir nessa direção. Foi assim que, mesmo doente, e mais uma vez, com empolgação, ambicionava que a 12ª edição da Conferência Nacional de Saúde viesse a ter relevância igual ou superior àquela que havia sido alcançada pela *"oitava"*.

No entanto, quinze anos haviam passado e vivia-se um período histórico bastante distinto! Em suas últimas falas incorporava novos elementos que poderiam vir a ser profundamente transformadores. Destacava, sobretudo, a "humanização do SUS" como uma conquista essencial: "É preciso trabalhar a questão da humanização da saúde. Um Projeto de Lei sobre os direitos do paciente rolou oito anos na Câmara, e eu não consegui aprovar. O projeto dizia simplesmente que o paciente tem direito aos seus dados e a optar por terapias, devendo ser tratado como cidadão com nome e sobrenome".

Clamava que, para a conquista de avanços na saúde dos indivíduos e das populações, é fundamental a participação integrada, ou articulada, de praticamente todos os setores da economia e da política pública em nível local: "É preciso que os programas de governo ganhem intersetorialidade nos municípios". Ele que um dia, no passado, havia desdenhado as práticas médicas alternativas, agora defendia a incorporação delas pelo SUS: "Quando discutíamos a Reforma Sanitária e fazíamos críticas à prática da medicalização, já falávamos sobre a abertura às práticas alternativas de saúde, como a fitoterapia, a acupuntura e a homeopatia". E, sem deixar de lançar críticas à bem-sucedida *política de produção de medicamentos genéricos* implantada pelo governo de Fernando Henrique Cardoso (1994-2002), fazia a vinculação oportuna com a noção da saúde como um bem que não se conquista apenas consumindo remédios, mas que, antes de mais nada, resulta da promoção de vida saudável e da prevenção de doenças: "O genérico é um avanço, mas só atende a quem já tinha acesso a medicamentos, diminuindo o custo. Cerca de 50 milhões de brasileiros não chegam nem aos genéricos. Por isso, é necessário estabelecer uma política que pense na fitoterapia e em hortas de produção de medicamentos naturais, que trabalhe com práticas de promoção e prevenção da saúde e que participe das discussões sobre Cidades Saudáveis".

Devido ao agravamento de sua condição de saúde, Arouca teve que se afastar da condução dos trabalhos preparatórios da 12ª Conferência. Em 2003, cerca de dois anos depois de diagnosticado, o câncer evoluía insidioso em seu organismo e agora já tornava seus dias demasiadamente difíceis. A debilidade física o fazia aparentar mais do que os seus 60 e poucos anos. Em agosto, a notícia da morte de Sergio Arouca repercutiu por todo canto.

Quatro meses depois, em dezembro de 2003, aconteceu a conferência que, prestando-lhe uma homenagem póstuma, foi batizada de *12ª Conferência Nacional de Saúde Sergio Arouca*. A tristeza pousava sombria nos corredores e salas por onde se ouvia o burburinho de milhares de participantes. Sobre o palco, projetava-se a frase do sanitarista maior: *"Aqui é permitido sonhar!"*.

Apesar de toda a carga de emoção que cercou o evento e do esforço de milhares de pessoas, os resultados ficaram aquém do que Arouca ambicionara. Compreensível, dado que defendia algo nada simples: a retomada e o arejamento das discussões sobre os rumos do sistema unificado de saúde do Brasil, no difícil contexto global e nacional do começo do século 21. Muito embora seja esse um desafio que permanecerá vivo enquanto houver quem esteja disposto a defender idéias semelhantes às que Arouca defendeu ao longo de sua vida.

CAPÍTULO 3

DE VOLTA À DÉCADA DE 1960

Tenho receio de ficar lembrando dos bons tempos, quando usufruíamos tudo de bom que a mocidade propicia. Isso, na minha idade, tanto pode ser salutar, quanto depressivo ou, até mesmo, as duas coisas. Mas, prossigamos.

Alguém já disse que uma expressão vira clichê exatamente porque é boa, mas, com certeza, haverá quem há de considerar deselegante de minha parte recorrer, assim de cara, a alguns deles. Pode ser. Acontece que gosto do modo como certos chavões conseguem exprimir tanta coisa boa de recordar. Como aquele: "durante a juventude vive-se apenas o presente!".

Sou *Baby Boomer*, como se diz. Pelo seu significado cronológico, e apesar de ter nascido em São Paulo, Brasil, talvez eu possa aqui empregar livremente essa expressão, usada em referência à geração nascida nos Estados Unidos entre o começo do final da Segunda Guerra Mundial, lá pelos idos de 1943, até à Guerra do Vietnã, que começou em 1959. Pensando bem, hoje em dia talvez seja mais charmoso me apresentar como uma pessoa que fez parte da *Geração de 1968*, como é comumente dito na Europa, e assumir de uma vez que, assim como Sergio Arouca, sou uma representante da *Geração dos Sonhos Coletivos*! O que efetivamente quero dizer é que vivemos intensamente o presente na década de 1960, um período em que, nas diversas formas de manifestação da cultura, e em quase todas as partes do mundo, as experiências físicas (corporal e sexual) e política ganharam enorme primazia. Tempos em que a *Geração dos Sonhos Coletivos* vivia ocupada com o labor de ultrapassar as fronteiras do corpo e romper padrões de comportamento. Ainda assim, havia espaço para muito romantismo!

Hoje considero que foi um privilégio ter atravessado aqueles dez anos em pleno auge da juventude, dos 16 aos 26 anos de idade! Vida de estudante brasileira. O ano de 1963 havia sido extenuante, com os dias passados nas salas de aulas do cursinho, a maratona do vestibular. Tinha acabado de completar 20 anos quando fui aprovada para cursar a recém criada faculdade de medicina. É pouco provável que aquela agitação toda, que culminou no golpe de Estado de março de 1964, tenha pesado de algum modo na arriscada decisão de trocar a Capital pelo interior do Estado de São Paulo. A princípio, abominei a idéia de deixar a cidade onde nasci, a mesma dos primeiros namoros e amizades adolescentes. Além do mais, temia perder tudo que a vida cultural paulistana oferecia e que apenas começara a descobrir, como, por exemplo, o privilégio de ver peças teatrais com Cacilda Becker (1921-1969), um dos maiores mitos do teatro brasileiro. Mas a escolha não demorou a ser feita em função da forte influência exercida por minha mãe! E ninguém além dela poderia me influenciar tanto naquela idade. Seja como for, ela foi surpreendente ao me estimular a tomar tal decisão. Antes, mal disfarçara a aflição que lhe causava a hipótese da *filhinha* querida morando sozinha em outra cidade! Hoje sei perfeitamente que, quando se trata de decisões especiais como aquela, só comparáveis às relativas a casamento e filhos, a maioria das mães reage da mesma forma, ou seja, são guiadas pela razão, mais do que pela emoção ou instinto.

Seguiram-se seis anos vividos em estado de permanente vibração. E será sobre esses anos que me reportarei a seguir. Antes, porém, é impossível resistir à tentação de mencionar a angustiante sensação de vazio que se seguiu à cerimônia de colação de grau – assim é que se dizia. Foi no dia 19 de dezembro de 1969. Só sei que foi nessa data porque minha mãe – sempre ela! – a anotou no verso da foto em que estou linda, toda paramentada com a indefectível beca preta. Desde então, o porta-retratos permanece no mesmo lugar, em cima do meu velho piano. Não é para menos! Quem não gosta de ficar recordando dos tempos de apogeu da beleza física, de encantamento e ousadia? Nessa época eu arrasava!

Durante toda essa fase da minha vida, Sergio Arouca era um dos poucos amigos realmente muito queridos de quem queria estar – e estava – sempre por perto. Amigo onipresente! De uma amizade que durou quase quarenta anos, tenho especial carinho pelos dez primeiros. É possível que Arouca também pensasse assim (como vou ter certeza?). Com o passar do tempo, à medida que amadurecíamos e envelhecíamos, por inúmeras vezes, em meio às recordações de coisas mais sérias, ele voltava aos pequenos detalhes daqueles nossos dias felizes em Campinas.

Nesses momentos ríamos muito ao lembrar de como éramos alegres e aparvalhados. Batia uma forte saudade da então pacata cidade, do delicioso frescor que suas manhãs orvalhadas exalavam, das avenidas arborizadas repletas de paineiras floridas, das tardes ensolaradas, das noitadas inesquecíveis. Levávamos nossas horas estudando, trabalhando, namorando, fazendo muitas outras coisas prosaicas, mas sempre, e acima de tudo, tirando proveito máximo da vida, como só se consegue mesmo nessa fase da vida.

Tendo sido, aqueles primeiros dez anos, uma época em que estávamos dedicados à construção de um edificante futuro, sob esse aspecto, talvez merecesse ser lembrada como a mais importante de nossas vidas. Não era esse, entretanto, o motivo principal que nos fez a ela retornar, por tantas e tantas vezes. Recordávamos, sobretudo, do canto espontâneo que saía com enorme facilidade de nossas gargantas! Como era bom lembrar da vontade de ser artista, de querer ser *hippie*! E daquela sempre presente e insaciável expectativa de curtir ao máximo a liberdade! Além dessa vontade de querer transformar o mundo, mesmo vivendo numa cidade ainda bastante provinciana, nossas juvenis consciências flanavam entorpecidas com o futuro escancarado pela frente, em busca de liberdade plena, de viver o "aqui e agora". Nossos dias eram tão corriqueiros, e, no entanto, abarrotados de jovialidade, de felicidade e da vontade de participar da liberação sexual e da transgressão aos bons costumes. Apesar dos estreitamentos da conjuntura que ameaçavam nos tirar o amanhã, éramos alegres e nada macambúzios! A despeito das circunstâncias opressoras, as emana ções do *flower power* chegavam até nós despertando anseios efervescentes! E não tínhamos alternativa, caso contrário viraríamos um bando de jovens sorumbáticos e desesperados, como muitos dos de agora, sempre depressivos, a menos que mergulhados na *technomusic* e no *ecstasy*!

Mesmo depois que nossas vidas mudaram nos seus vários aspectos, seguimos preservando o afeto que sentíamos um pelo outro. À medida que os anos avançaram, alcançamos sucesso profissional, fizemos várias conquistas e também fomos conquistados e, naturalmente, cada um a seu modo, levou seus tropeços e tombos. Aquela fase de mocidade, porém, sempre foi um tesouro guardado em nossas memórias. Exatamente por serem dela as lembranças mais caras, em meio a um mar de outros registros de bons e maus momentos experimentados ao longo de décadas de convívio.

Como dizia, nossa relação pessoal começou e terminou como amizade. Nunca foi mais, nem menos, do que isso, apesar de ter começado nos tempos da *sexual revolution,* quando nada favorecia relações de simples amizade! Nossa amizade nasceu e se consolidou naquele hoje tão celebrizado período em que – como depois se tornou banal afirmar – na cultura ocidental, finalmente, o corpo se libertou de vez das amarras morais que ainda lhe eram impostas! Para muitos fatos da vida privada foi o momento de se tornar público, exposto, liberto! Época do corpo efervescente e da eclosão de novas atitudes! Claro que, para os moralistas de sempre, muito ou tudo da nova atitude era considerado – e ainda é – mera libertinagem. Chega a ser espantoso rever como tanta mudança comportamental pôde ganhar o mundo tão depressa, em tempos ainda analógicos, bem anteriores à atual era digital quando tudo se banaliza velozmente. Como posso saber o que provocou toda aquela revolução nos comportamentos, concentrada em um intervalo de tempo relativamente curto? Felizmente, essa dúvida não é apenas minha e ainda hoje vagueia em toda parte, alimentando inúteis reflexões, incapazes de encontrar boas explicações para tão marcante fenômeno. Mas é inegável que a grande virada se deu porque o tema da Liberdade tornou-se central nos anos sessenta!

Estendendo-se entre os meados das décadas de 1960 e 1970, aquele foi um período realmente intenso sob vários aspectos e se torna ainda mais fascinante quando é focalizado com os olhos do presente. E, é claro, em Campinas, Brasil, ouvíamos atentos ao ecoar de tudo o que sucedia para além das fronteiras, lá muito longe, no mundo da abundância. A busca por um novo modo de ser e de agir era insaciável e despertava uma sanha criativa incomum nos jovens. Nas belas artes essa tendência se tornava ainda mais evidente. Era como se todos quisessem ingressar no mundo da *avant-garde*.

Sally Banes descreveu com muita propriedade o que se observava nos anos sessenta do século passado naquele bairro muito especial de Nova York, o *Greenwich Village,* ou simplesmente, o *Village*. Diz ela, referindo-se ao significado da *avant-garde*, da *performance*: "Não é surpreendente que a cultura de consumo popular, que alcançou um máximo no início da década de 1960, tenha fascinado os artistas do período e se tornado, com freqüência, o assunto de sua arte. Mas mesmo onde a cultura de consumo popular não era o tema explícito de uma obra de arte, a permissividade prevalecente no período – a pergunta Por que não? que se repetia – simbolizou a disponibilidade de múltiplas opções, uma liberdade de escolha de ampla extensão e que deitava raízes na abundância econômica" (Trecho do livro

Greenwich Village 1963: *avant-garde, performance* e o corpo efervescente. Tradução de Mauro Gama. Rio de Janeiro: Rocco, 1999. Pág. 187).

É arriscado afirmar que essa absorção, pelas artes em geral, da cultura de consumo popular a que se refere Sally Banes tenha arribado no Brasil. Mas, tenho certeza que, ao menos entre as pessoas jovens de classe média, a permissividade antecipada pela indagação *"Por que não?"* pairava no ar também por Campinas. E isso foi mais ou menos quando explodiu aquela canção de Caetano Veloso cuja letra diz exatamente *"Caminhando contra o vento, sem lenço nem documento, eu vou, por que não? Por que não?"*.

Sergio Arouca, escondido pela timidez, tratava de exteriorizar ao seu modo certas habilidades artísticas. Por mero acaso, certo dia, o surpreendi fazendo uma espécie de pirogravura em uma pequena tábua. Estarreci, sem saber o que lhe dizer! Ainda assim, na ocasião, ele me pareceu ter algum talento como artesão. Mas aquela foi a primeira e a última vez que o vi executando um trabalho próximo ao artístico! Não sei o que o levou a sufocar aquele seu "lado oculto". Talvez os pendores tenham se esvaído ao longo dos anos. Ou terão se tornado inconvenientes, tendo em vista sua condição de liderança comunista? Terá sido pela implicância habitual com os costumes *pequeno-burgueses*? Será? Quem sabe... No entanto, mesmo sendo eu, à época, uma jovem bem mais irresponsável do que Arouca e, ademais, não sendo comunista como ele, também me faltava coragem – ou oportunidade – para expor publicamente minhas criações! E que, ao menos para mim, eram trabalhos artísticos! Durante um tempo, curti fazer ousadas *colagens sobre tela*. Sob a inspiradora influência das bienais de arte de São Paulo - de 1965 e 1967, provavelmente – não hesitava em destroçar objetos de enorme valor afetivo, como fotos antigas de família e velhas bonequinhas de louça, para pregá-los aos pedaços sobre as pinceladas de tinta a óleo esverdeada e em meio ao fragmento do poema de Manoel Bandeira: *Vou-me embora pra Pasárgada... Aqui eu não sou feliz... Lá a existência é uma aventura... De tal modo inconseqüente...* (Muito embora já fôssemos felizes e inconseqüentes o suficiente!).

Em meio a uma série de acontecimentos e transformações marcantes na política, nas ciências, na tecnologia e nas belas artes, os panoramas mundial e brasileiro da época apresentavam muitas outras semelhanças e diferenças. Tenho comigo que foi graças às semelhanças que nossa geração conseguiu se destacar, por incorporar certo grau de cosmopolitismo ou internacionalismo.

Tempos marcados, sobretudo, pelas convulsões anteriores à queda do Muro de Berlim, com o mundo ainda vivendo sob o impacto da Guerra Fria. O embate mundial entre liberdade democrática e repressão ao comunismo estimulava as mais variadas interpretações e reações, muitas beirando ao insólito. Na América Latina algumas dessas percepções ensejaram a trajetória de ditaduras tenebrosas. Anos em que vários dos países da África conquistaram a independência, deixando de ser colônias européias. Hoje, é profundamente desalentador constatar que, após a penosa conquista da liberdade, tantos países africanos caíram nas garras de ditaduras brutais e da corrupção, mergulhando em guerras civis sangrentas e afundando de vez na tragédia da fome e da doença. Vejo Arouca perguntando: "Qual será o futuro da África?".

Tempos da maldita Guerra do Vietnã que despejou desesperança sobre os devaneios *hippies*! Como é possível esquecer, por exemplo, as notícias sobre o Napalm, aquele gás, ou produto químico inflamável, usado nas armas lança-chamas dos americanos contra o exército vietnamita? Ou sobre o sinistro agente laranja – para os que não se recordam, tratava-se de um herbicida – borrifado de helicóptero pelo exército americano sobre as florestas tropicais da região do rio Mekong? A intenção era desfolhá-las até às raízes e alcançar populações civis e militares como se gafanhotos fossem e atingindo até mesmo os soldados americanos. E aquela foto que eternizou o desespero da garota vietnamita correndo com os braços abertos, aos prantos, exibindo o corpinho magro todo esfolado por queimaduras químicas? Podia-se sentir o cheiro de pele queimada! Conviver, mesmo de tão longe, com aquela terrível devastação era algo completamente intolerável para os jovens. Nossa reação era de total indignação. Quando a jovem Jane Fonda, descolando de vez da imagem de *Barbarella* (personagem *sexy* do filme que interpretara alguns anos antes), assumiu a corajosa atitude de peregrinar pelo mundo em atitude de contestação à posição de seu país, passou a ser admirada por todos nós! Completamente diferente do que sucede nos dias atuais, quando a maioria das pessoas parece anestesiada pela banalização de horrores cotidianos.

Não sei o que pode afetar mais a saúde de alguém no longo prazo, se a indignação ou a acomodação! Na época, porém, ainda estávamos longe de reagir com indignação proporcional às conseqüências nefastas da Guerra sobre as florestas tropicais, os rios e a fauna! Sem dúvida que a consciência ecológica aumentou muito da década de 1970 em diante. Para mim, esse foi *o* grande avanço, apesar de que tenha se dado tão lentamente! Pensar que só em 1986 o Brasil veio a adotar a exigência legal de relatórios de impacto ambiental para aprovação de projetos grandiosos, como construção de hidrelétricas e refinarias. De agora, são menos de 20 anos! Quanta destruição da natureza, ano após ano, e que ainda agora continua! E a Convenção das Armas Químicas, só concluída em 1993, para entrar em vigor em 1997? Tratados e até mesmo convenções, de nada adiantaram! Será que se realmente tivessem sido respeitados, a administração Bush teria determinado a invasão ao Iraque, em 2003? No entanto, invadiu e destruiu amparada justamente na falsa acusação de que esse país possuía armas biológicas e químicas de destruição em massa e que representavam uma iminente ameaça. E a execrável guerra do Iraque, com suas conseqüências terríveis, prossegue e prossegue. Até quando?

Certa vez pensei em me filiar ao Partido Verde, mas Arouca me convenceu de que a questão ecológica era decisiva demais para ser monopolizada por um único partido político! Estava certíssimo!

Anos depois, falando em locais públicos como um líder experiente, tornou-se um hábito para ele dizer que não deveríamos jamais perder a capacidade de reagir com indignação! Hoje vejo com clareza em qual conjuntura histórica internacional foram plantadas em sua mente as raízes de assertivas como essa que repetiu tantas vezes em sua vida!

Com o passar dos anos, as pessoas se tornaram céticas ao ponto de se desfazer de certas expressões, até que bem apropriadas, lançando-as na gaveta das coisas inúteis, ou das que saíram de moda! Observo isso acontecer com os termos "consciência" e "conscientização" considerados jargões surrados e envelhecidos, próprios da esquerda daqueles tempos. E isso será bom, por acaso? E que sentido existe na repetição mecânica de palavras como *caralho* e *porra* na boca das gerações mais jovens e até mesmo das mais velhas? Estou sendo parcial e moralista com o presente?

E por que não?

Eram dias que se sucediam abarrotados de notícias sobre acontecimentos ruidosos patrocinados por diversos movimentos sociais clamando pelos direitos civis dos negros, das mulheres, dos homossexuais. Anos dos assassinatos de John Kennedy, Martin Luther King, Ernesto Che Guevara e Robert Kennedy. Inesquecível, para mim, aquela mulher negra, uma professora americana que, com seu penteado *black power,* se tornou um dos maiores símbolos do *black is beautiful*! Pergunto a mim mesma se nos tempos correntes, das *chapinhas japonesas* que renegam carapinhas e cabeleiras encaracoladas em geral, as pessoas ainda se recordarão de Angela Davies. Tempos de *apartheid* e da zebra, o lindo animal africano que não merecia ter sido adotado como elemento simbólico de tão dramático processo. Na época, essa palavra do idioma inglês era empregada para indicar uma política oficial de segregação racial praticada pela República da África do Sul. A princípio, evocava discriminação política, legal e econômica contra não brancos. Depois passaria a ser empregada em sentido genérico, para qualquer política ou prática de segregação de grupos, até mesmo no Brasil, onde esse e dezenas de outros anglicismos foram sendo introduzidos aos poucos no idioma português. Não podíamos imaginar, porém, é que, indo além de simples incorporação de palavra inglesa, o *apartheid* chegaria a ter também seu momento na realidade brasileira. Com efeito, nosso glorioso País se veria oficializando, aos poucos, a política de cotas ou de reserva de vagas nas universidades para cidadãos negros e pardos, e facilitando, por meio dela, a entronização da idéia de raça na lei brasileira. Ora, se o conceito de raça não existe no plano biológico, mas está presente na sociedade mundial, é porque foi criado e introduzido pelos racistas e defensores do conflito racial e do confronto de etnias!

Com os anos, aquela agitação social se ampliou enormemente. O tema dos direitos civis ganhou visibilidade em muitas nações, mas, de modo geral, seus problemas e desafios – além do racismo, a homofobia e as violências diversas contra mulheres e crianças – persistem amplificados. A essas preocupações, acrescentou-se outra mais recente. Um tema praticamente invisível, ignorado, ou as duas coisas, naqueles anos, o fundamentalismo religioso – sobretudo o exibido por certas correntes radicais muçulmanas, que negam avanços básicos nos direitos de mulheres e crianças – se tornou um dos temas favoritos também na literatura internacional de entretenimento, abordado em dezenas de *blockbusters*. Isso me faz lembrar de Milton Santos, um dos responsáveis pela renovação da geografia brasileira nos anos setenta, que dizia ser o consumismo o verdadeiro fundamentalismo!

Avanços científicos e tecnológicos espetaculares e paradigmáticos aconteceram em meio a tantos outros episódios extraordinários. Assim, por exemplo, na década de 1960 os primórdios do uso amplo da informática estavam se dando, ainda não sob a forma disseminada propiciada pela computação personalizada e pela conectividade. Sem falar na descoberta e introdução da pílula de controle da natalidade! E nos primeiros vôos interplanetários, é claro. Já a década de 1970 notabilizou-se pelo primeiro bebê de proveta, ou seja, pela fertilização *in vitro*! Mas as conseqüências dessa técnica – milhares de embriões congelados – foram ganhar visibilidade só na primeira década do milênio seguinte! Emergiram para fora das clínicas de tratamento de infertilidade empurradas por discussões sobre usos potenciais terapêuticos, e eticamente controversos, mas ainda muito remotos, da célula-tronco embrionária! À época, nem de longe eu podia imaginar a mim mesma envolvida em uma discussão ética dessas, como me encontro no presente! E sem poder trocar idéias com Arouca a respeito de assunto tão polêmico, como gostaria!

E por que não?

Mas, veja você, caro leitor, quase ia me esquecendo de comentar o portentoso fato ocorrido em 1961, quando o ser humano logrou fazer seu primeiro passeio pela órbita do planeta. Depois daquele vôo, vários outros se seguiram, causando emoção indescritível ao mostrar que o Planeta Terra é Azul! E, portanto, que a Liberdade é Azul! Pena que o "estado de saúde" da estratosfera tenha piorado tanto desde então, em parte, devido à contribuição de tais empreendimentos! E assim, em 1969, quando, finalmente, os astronautas pousaram na Lua, a década estava definitivamente encerrada, mas ingressara gloriosa na história.

No entanto, em meio a tantos fatos inéditos daquela era, como afirma Mark Kurlansky, nenhum ano se comparou a 1968 e é pouco provável que volte a acontecer outro ano assim! Acho que tem toda razão! Mark, muito apropriadamente, diz que aquele ano foi único porque pessoas distantes se rebelaram mais ou menos simultaneamente em torno de questões disparatadas, tendo em comum apenas o desejo de se rebelar. (Refiro-me ao livro *1968: o ano que abalou o mundo*. Tradução de Sônia Coutinho. Rio de Janeiro, Editora José Olympio, 2005. 569 p.). Na Europa, no Japão, nas Américas do Norte e do Sul e em outras partes, os jovens rebeldes rejeitaram a maioria das instituições, dos partidos políticos, e manifestaram um profundo desagrado por qualquer autoritarismo, fosse capitalismo ou comunismo.

Tratou-se realmente de um tempo com motivos de sobra, no mundo e em nossas vidas, para ser inesquecível. Não é difícil perceber porque os jovens daqueles anos são hoje temas centrais de incontáveis publicações e produções artísticas. Noto certa preferência hoje em dia pelo emprego da palavra *"insurgente"* para trazer à baila a rebeldia da juventude, enfim, o estado de espírito generalizado nos anos sessenta e também na década seguinte. Não obstante, muita gente ainda desconhece totalmente as principais referências históricas daquela época. Por exemplo, muitos não sabem da presença marcante do ativismo político, talvez até mais intensa que as dos componentes da famosa tríade *"sexo, drogas e rock-n´roll"* (hoje, apenas um batido clichê). Ignoram, por exemplo, que, além de participar de manifestações estudantis organizadas, havia ambientes universitários propícios ao engajamento dos jovens em projetos coletivos solidários com a pobreza e pelos direitos democráticos igualitários. Era o que acontecia conosco, em Campinas, quando, como já disse, construíamos nosso futuro edificante. Por isso acho a expressão *"Geração dos Sonhos Coletivos"* perfeita, muito embora, naqueles tempos, nenhum de nós ainda estivesse, nem remotamente, se dando conta disso.

Jovens de qualquer tempo, até mesmo os de hoje em dia, são crédulos, em menor ou maior intensidade. Ainda bem. Caso contrário, os das presentes gerações poderiam estar a afundar de vez no desespero! Com sincera ingenuidade, ali, como em outros lugares, nós, jovens – professores e alunos – , nos deixávamos seduzir por certas propostas de ensino, acreditando que tais experiências podiam ser transformadoras da realidade obscurantista e injusta na qual vivíamos.

É claro que participamos de um bom número de passeatas de protesto e de outras manifestações políticas e culturais da época, até que a ditadura militar (1964-1985) as silenciasse de vez. Mais do que o simples ativismo político, porém, todos os nossos atos cotidianos deveriam se tornar revolucionários. Diria que, em meio a todo aquele processo de mudanças abruptas que ocorriam incessantes no cenário político e econômico nacional e mundial, fomos uma parcela pequena da mocidade brasileira que acalentava sonhos de todo tipo e disposta a não se submeter ao *status quo*. Foi como jovem cidadã brasileira indignada que participei, em diferentes conjunturas políticas adversas, de passeatas e manifestações. Irreverentes, gritávamos do fundo de nossas almas revoltadas: *"Um dois, três, quatro, cinco mil, queremos que a ditadura vá pra puta que pariu!"* e *"Abaixo a ditadura!"* Do mesmo modo que décadas depois, já trintões e quarentões, ao lado de milhares de jovens de outras gerações, gritávamos *"Diretas Já!"* e *"Fora Collor!"*.

Considero relevante destacar que as referências institucionais de minha história com Arouca, sendo políticas, nunca tenham sido partidárias! Isso devido ao fato de que jamais me filiei a qualquer partido político. Sempre detestei essa coisa de ficar de conchavo e de mediar tudo de acordo com a visão partidária. Além do mais, não sei se posso dizer que fui uma verdadeira militante, uma ativista política, em algum momento de minha vida, muito embora tenha dado minha contribuição a algumas causas sociais e a certos desafios brasileiros. Arouca, porém, quanto a esse aspecto, era o meu oposto. Desde 1956, ainda na adolescência, sempre exerceu intensa militância como filiado do velho Partido Comunista Brasileiro, o PCB, o velho *"Partidão"*. Era quase como se tivesse nascido comunista! Sem nunca ter feito parte da luta armada ao Golpe Militar de 1964 ou de qualquer ato de guerrilha, jamais deixou de combater ativa e intensamente a ditadura. Finalmente, tornou-se uma liderança expressiva do PCB.

Essa coisa de viver o cotidiano partidário sempre foi uma diferença fundamental entre mim e Arouca. Certas patrulhas ideológicas, mergulhadas em sua idiotice, sempre se incomodaram por demais com essa nossa diferença, que, entretanto, jamais, serviu de pretexto para cobranças mútuas. Em algumas ocasiões, talvez porque precisasse me defender perante elas, Arouca disse que me considerava mais comunista do que muitos dos seus camaradas e companheiros. Dizia essas coisas como se me estivesse elogiando! Jamais conseguirei entender porque reiterou tantas vezes depois tal afirmação a meu respeito, mas pode ser que tivesse alguma razão. Só pode ter sido porque sempre me dediquei, ao meu modo, à mesma causa edificante que ele: a defesa da saúde do povo brasileiro...!

Em função da censura, nos anos sessenta mal se ouvia falar da Revolução Cultural Chinesa que, no entanto, durou mais ou menos de 1966 a 1969! Mesmo com tão pouca informação, ainda assim, a China Maoísta atraiu muitos jovens brasileiros que desembarcariam nas atividades terroristas! Mas na época eu me interessei pela história contada por Godard em *La Chinoise* (1967): jovens franceses que, por meio da leitura de Mao Tse Tung, tentam descobrir como transformar o mundo através do terrorismo, tentando, na verdade, encontrar a si mesmos. Ainda hoje é relativamente comum acontecer de pessoas jovens se deixarem seduzir pelo socialismo, mas nas décadas de 1960 e 1970 era muito mais freqüente. E é claro que o discurso da utopia, à época, também me atraiu. À medida, porém, em que fui me informando sobre os fatos da *real politik* dos países do socialismo real, eu, como tantas outras pessoas, deixei de sublimá-lo.

Nunca escondi que saí frustrada de Cuba, quando estive por lá, bem no início da década de 1980, ainda no governo do General Figueiredo. Fui uma das primeiras brasileiras a ter autorização oficial, e, com passaporte na mão, entrei na Ilha para um congresso internacional de Pediatria, onde fui apresentar um inocente trabalho sobre o problema dos acidentes na infância no Brasil. Ou seja, nada de ideologia. Antes, porém, fiz uma escala de apenas algumas poucas horas na Nicarágua!

Não era para ter permanecido tão pouco tempo em Manágua, dado que Arouca tinha sugerido aproveitar a escala para conhecer a experiência sandinista, então uma novidade. Achei que era uma ótima sugestão e foi com empolgação que segui viagem! Sucedeu, porém, que quando estava sendo recebida por Miguel Marques, um conhecido médico equatoriano que era o representante da OPAS naquele país, começaram notícias de bombardeios iminentes: o avião militar americano, o temido *black bird*, estaria se aproximando de Manágua! Não me lembro se ocorreram mesmo os tais bombardeios, mas o fato é que me puseram em um táxi direto para o aeroporto. Observei ao longo do caminho crianças-soldado portando rifles e carregando nos seus franzinos peitos infantis cartucheiras com dezenas de balas enormes enfileiradas. Embarquei em um jato soviético de passageiros. Cuba ainda vivia o tempo áureo da sustentação econômica pela então União Soviética. Voamos direto para Havana.

Conheci de perto a excepcional experiência revolucionária cubana em matéria de Saúde e Educação. Exultante, curti as oportunidades que me foram oferecidas de ver e ouvir atentamente um discurso de Fidel Castro – longo em demasia, como sempre – e um balé com a legendária primeira bailarina e coreógrafa Alicia Alonso. Além dessas experiências oficiais, já eram permitidos aos raros visitantes os poucos prazeres e passeios que mostram o glamour da Havana anterior aos anos sessenta, ainda que estivessem silenciadas as canções de Ernesto Lecuona, o mais notável músico cubano do século 20. Assim, pela primeira vez em minha vida, provei o delicioso *mojito*, um aperitivo feito com rum, parecido com a caipirinha brasileira, mas que leva algumas folhas de hortelã fresca. Foi no *La Bodeguita del Medio*, a famosa casa noturna freqüentada no passado pelo importante escritor americano Ernest Hemingway (1899-1961) que morou, durante anos, em Cuba. Segundo alguns, o legendário escritor de *O Velho e o Mar* (romance que lhe rendeu o Prêmio Pulitzer de 1953 e o Prêmio Nobel de Literatura de 1954) teria se declarado a favor da revolução vitoriosa de 1959 e optado por permanecer em Cuba, mantendo boas relações pessoais com Fidel Castro. Mas essa versão tem sido questionada, quase sempre por opositores do regime.

No entanto, Cuba mais me decepcionou do que encantou. E penso que minha decepção se deveu em grande parte à censura ideológica! O principal diário, o *Granma*, era – ainda é – o órgão oficial do Comitê Central do Partido Comunista de Cuba. Fossem quais fossem os motivos, chocou-me aquela política de impor uma cultura única, como se fosse um catecismo universal obrigatório, a ser seguido por todos, estreitando ainda mais os limites já restritos do mesmo pensamento ideológico relativo ao socialismo clássico. Gramsci, não se podia ler, absolutamente! E também me impressionaram negativamente as dificuldades do cotidiano, que não só observava como sentia na própria sola dos pés! Que tormento se tornava a simples locomoção de um ponto a outro mais distante da capital! E outras pequenas lembranças como essa, sempre bem desagradáveis. Bobagens? É, pode ser!

O fato é que Arouca deixou transparecer certa expressão de interrogação quando lhe relatei as experiências e impressões que trouxe daquela viagem! Tive certeza de que ele, além de frustrado por eu não ter quase nada a dizer sobre a Nicarágua, ficara muito desapontado com o meu não deslumbramento com Cuba! Não por menos! Era quase obrigatório gostar de Cuba! Estudantes brasileiros, mesmo não conhecendo a Ilha, porque não podiam, ficavam maravilhados com os relatos clandestinos que ouviam e com os primeiros filmes cubanos toscos que apenas começavam a ser vistos por aqui. Definitivamente, não era politicamente correto deixar de elogiar Cuba, mesmo que fantasiosamente!

Mas é inegável que foi a admiração pelo socialismo nos anos sessenta, sobretudo pelos ideais de igualdade, que despertou e aguçou em muitos jovens brasileiros a revolta com a injustiça social e sinalizou para o humanismo, para o caminho da solidariedade. Mas sempre, incessantemente, em busca do significado daquela palavra que para nós era pura magia: Liberdade! Esse foi o modelo que nós, em Campinas, escolhemos! Havia outras escolhas possíveis, mas essa foi a que fizemos! Poderíamos, por exemplo, ter aderido à luta armada ou à opção preferencial pelos pobres da Teologia da Libertação. No caso desta última, provavelmente teríamos seguido o bispo dom Pedro Casaldáliga, sobre quem muito ouvíamos falar naqueles anos. Na América Latina essa vertente propunha transformar o capital espiritual dos cristãos pobres em força de mobilização e mudanças sociais, defendendo - como nós – transformações estruturais tão profundas quanto vagas, imprecisas. A diferença estava na ligação da Teologia da Libertação com a prática e as palavras libertárias de Jesus, enquanto as nossas expectativas – ou ao menos as minhas – se afinavam mesmo era com o marxismo, sob o signo de *Aquarius*!

Acredito que nunca deixei de admirar os pensamentos de Karl Marx. Volta e meia prometo a mim mesma fazer uma releitura das suas principais obras. Adoraria descobrir uma nova percepção. Ou ao menos que fosse a mesma interpretação utópica renovada! Com certeza, muita gente da minha geração anda desejando fazer o mesmo! O tempo nos faz deixar tantos sonhos para trás! Mas muitas de nossas aspirações persistem e se tornam realidade. Felizmente no caso de algumas, de outras nem tanto.

Depois, com a queda do Muro de Berlim, em novembro de 1989, se as fronteiras ideológicas mundiais não ruíram de vez junto com ele, ao menos se pode afirmar que foram redimensionadas, alterando as idéias a respeito do socialismo clássico e ampliando os espaços para a social-democracia. Na tentativa de resgatar o interesse e as atenções das sociedades surgiram expressões novas como *"democracia participativa"*, *"democracia direta"*, *"democracia representativa"*. Tenho comigo que todas elas se tornaram meros adornos, sem alcançar maior relevância social, seja no Brasil ou em outros países. Na América Latina, região sempre considerada muito criativa em variadas comparações mundiais, surgiram expressões ainda mais inúteis como *"socialismo bolivariano"*, *"social-democracia neoliberal"* e, quem diria, até mesmo, *"socialismo neo-liberal"*!

Algumas dessas designações até podem traduzir bem certos fenômenos da contemporaneidade. Arouca certamente continuaria dando enorme contribuição ao debate do significado político, histórico e social, enfim, da maior ou menor relevância de cada uma delas, assim como o fez nas discussões internas relativas às transformações necessárias ao velho "Partidão" e que, finalmente, conduziram à criação de uma nova legenda: o Partido Popular Socialista, o PPS. Quando Arouca faleceu, o ex-líder do PCB na Assembléia Nacional Constituinte e então Presidente Nacional do PPS Roberto Freire deu o seguinte depoimento sobre ele: *"... era um comunista diferenciado por sua postura diante da vida e da própria política. Sem abandonar a razão como princípio balizador de suas ações, pode-se dizer que ele chegou e se manteve no campo do socialismo pela emoção e por sua radical opção pelo humanismo. Crítico do racionalismo frio abria-se e dialogava com temáticas novas, comportamento não muito comum naqueles que se referenciavam unicamente pelo marxismo"*.

Hoje, percebo com muita clareza, que acima da compreensão teórica ou da crença de cada um no socialismo, o que me ligou tão estreitamente a Arouca naqueles campineiros anos sessenta e setenta, de auge da ditadura militar, foram os ideais da Liberdade e da Democracia. Sonhar tornou-se uma necessidade visceral para ambos, como para tantos outros jovens. E tenho comigo que foram tanto nossas opções pessoais semelhantes quanto nossas diferenças em relação ao socialismo e outros temas que, igualmente, favoreceram que permanecêssemos ligados profissionalmente para sempre.

Com efeito, o pluralismo de Arouca era uma característica marcante sua. Ele sempre apostou no diálogo, no respeito às relações pessoais. Para mim, seu principal legado, mais do que um sonho específico, foi repetir incessantemente que é preciso jamais deixar de sonhar e de criar.

E porque não?

CAPÍTULO 4

EM CAMPINAS

Como já disse, ainda éramos muito jovens quando iniciamos uma amizade de vida inteira. Pena, mas não me lembro mais da nossa primeira aproximação. Eu estava no terceiro ano da graduação, quando Arouca chegou a Campinas. Sei que ele veio logo depois da sua formatura, em 1967. O médico recém graduado pela prestigiada Faculdade de Medicina de Ribeirão Preto deu um salto direto para a condição de professor auxiliar da recém criada Faculdade de Ciências Médicas de Campinas (FCM).

O Departamento de Medicina Preventiva havia sido implantado em 1965 e seu primeiro chefe era um médico colombiano. O Doutor Miguel Ignácio Tobar Acosta foi pioneiro na introdução das atividades apropriadamente designadas de "extra-muro" na FCM. Com efeito, Tobar insistia em por os alunos para fora das salas de aula, ambulatórios e enfermarias da faculdade e colocá-los nas casas dos pacientes. Era para que soubessem como as pessoas pobres viviam e porque sofriam de certas enfermidades. Teve que enfrentar muita resistência de alguns dos meus colegas que diziam: *"Medicina se faz no consultório!"*. Talvez para que nos desculpasse por aquelas atitudes, fizemos do colombiano nosso paraninfo. Turma de Medicina de 1964: a segunda da história daquela faculdade! Anos depois, Tobar teve que se afastar da chefia do departamento por ter sido acusado, injustamente, de estar conduzindo na universidade *"atividades subversivas contra os militares"*. E tais fatos tiveram a ver com Arouca, é claro! Mais adiante voltarei a esse ponto.

Por essa época, bastava o convite de algum professor para entrar para o quadro de profissionais da faculdade. Nada de mais! Na época era assim mesmo que as coisas aconteciam nas escolas novas: médicos recém-formados, em um piscar de olhos, passavam a ser professores muito bem empregados. Bons tempos aqueles, sob o aspecto das oportunidades de trabalho para jovens! Não era o caso de abrir concurso público em uma escola tão nova, ainda em fase de estruturação. A Unicamp sequer havia sido fundada!

Arouca, como o fez na entrevista ao Pasquim de agosto de 2002, se deleitava ao contar a história do modo como se deu sua opção pela Medicina Preventiva: "Quando comecei a estudar Medicina peguei pela frente a Anatomia. Comecei a dissecar cadáveres e lembro que me deram a metade de um rosto... É um absurdo que dentro do ensino médico você comece com a morte e que isso depois vá marcar toda a lógica do ensino médico, onde você trabalha com a doença e com a morte. Então me deram logo metade de um rosto para dissecar e depois um braço".

História macabra! Mas todos nós que estudamos Medicina

obrigatoriamente passamos por um laboratório de anatomia patológica! Mesmo hoje em dia, quando existem técnicas e materiais mais avançados para a preservação e dissecação de cadáveres, evidentemente, continua sendo uma situação nada agradável. Mas, diante do inevitável, nem todos têm uma reação tão radical como a de Arouca: "Chegou certo instante em que falei que não tinha nada a ver com aquilo. Parei e abandonei o primeiro ano da faculdade e pensei em fazer Direito. Passei uns tempos com meu irmão em São Paulo, que estava estudando Direito na Faculdade São Francisco, vendo um pouco o que era esse campo."

A Medicina brasileira, porém, dessa feita escapou de perder um grande orador para o Direito. Felizmente, isso se deu graças à atração que a Medicina Preventiva logo exerceu sobre ele: "Desisti rapidamente também e voltei para Ribeirão Preto para continuar Medicina. Fui realmente me encontrar na Medicina quando me deparei com a Medicina Preventiva. Eu estava com uma dificuldade de fazer o encontro entre a necessidade de atuação política e a Medicina, e não estava querendo cair na armadilha de ficar na esquizofrenia de, em um período ver chapas de Raio X e, em outro, fazer política".

Tenho para mim que esse foi um momento crucial, quando Arouca descobriu efetivamente quem era, quando se viu diante de si mesmo e concluiu que fazer política era tão essencial para ele quanto respirar! E, de fato, logo encontrou a melhor maneira para combinar essa sua necessidade vital com o exercício profissional: "Como encontrar na Medicina um meio de simultaneamente fazer política e ter o exercício de minha profissão? Encontrei na Medicina Preventiva, uma área que estava começando no Brasil, com poucos lugares ensinando. Começava-se a trabalhar dentro da Faculdade de Medicina com a idéia de Saúde Pública. E a região de Ribeirão Preto naquela época era uma região com grande incidência de doença de Chagas. Tinha começado um processo de expulsão do trabalhador do campo para a cidade, que naquela época não eram os sem-terra, mas os bóias-frias. Trabalhando com Medicina Preventiva, comecei a ver doença de Chagas nessas pessoas. E o problema todo se resumia a como viviam, ao tipo de casa onde o barbeiro entrava. Então ali começou uma identidade muito grande: – Aqui sim, eu tenho um trabalho de ação política, vou discutir a questão da vida das pessoas do campo, estou discutindo a questão da reforma agrária e estou fazendo também minha ação profissional, trabalhando como um sanitarista e com doença de Chagas!"

Recordava com encantamento dos alegres momentos interioranos, apesar da difícil situação da saúde pública que por lá encontrara: "Lembro que fui para uma cidade do interior de São Paulo, Cássia dos Coqueiros, trabalhar com doença de Chagas. Lá, 90% das pessoas tinham doença de Chagas. Era uma coisa tão incrível que não se vendia fiado. Uma cidade do interior que não vende fiado! E eu perguntei: – Por que não se vende fiado? Porque o sujeito morre! Esse cidadão, que era um farmacêutico por lá, virou-se para mim e falou: – O senhor não sabe de uma coisa, doutor. Jogo de futebol aqui, para terminar, tem que ter pelo menos 18 jogadores porque senão o jogo não acaba por falta de quorum. Quer dizer, humor sobre a situação trágica!"

Em Campinas, participavam da constituição do corpo docente, por um lado, alguns médicos da própria cidade, que enxergavam a oportunidade de seguir carreira em tempo parcial na futura universidade, pelo outro, alguns docentes das faculdades mais antigas que eram a

Escola Paulista de Medicina e as duas faculdades de Medicina da USP, em São Paulo e Ribeirão Preto. Esses profissionais vinham em busca de titulação, mas alguns deles o faziam apenas por oportunismo e sem demonstrar maior interesse pela atividade. Para nós, os alunos, os dois primeiros anos foram um período bastante tumultuado e difícil. Não raro acontecia de ficarmos, por duas, até quatro horas, sentados sob uma frondosa jabuticabeira, aguardando o docente chegar de viagem – ou do consultório particular – para nos dar aula. Fazíamos muitos protestos-relâmpagos e entramos em uma greve que se prolongou por meses contra as precárias condições de ensino. O resultado foi positivo, pois, graças às nossas frustrações, terminamos influenciando decisivamente na contratação de docentes mais qualificados e dedicados, o que abriu as portas aos avanços posteriores introduzidos nos métodos de ensino.

Mesmo não tendo uma posição destacada na hierarquia curricular, as aulas do Departamento de Medicina Preventiva iam do terceiro ao quinto ano da graduação. Penso que o estudo da prevenção em saúde nunca logrou alcançar uma posição muito boa na escala da popularidade escolar. Mas seu prestígio na época ainda era bem inferior ao que veio a ter com o passar dos anos, com a disseminação paulatina das expectativas de melhorar hábitos de vida, da conscientização do agravamento das condições ambientais e do maior compromisso com a ecologia.

Arouca começou fazendo sucesso junto aos alunos com suas aulas. Embora eu ainda não o visse assim, para algumas jovens estudantes e funcionárias – estas eram escassas e novatas, como tudo naquele embrionário ambiente universitário campineiro – ele já era considerado um cara sedutor. Até hoje isso me deixa intrigada!

Segundo os seus amigos da época de estudante em Ribeirão, apesar de feio, já tinha grande facilidade para atrair as pessoas porque ficava bonito quando falava! Ainda não o conhecia nessa época, mas quando jovem sempre foi bem magrinho. De estatura mediana, perto de alguns dos meus colegas de turma parecia mais baixo do que realmente era. Ainda que eu nunca o tenha considerado feio – mas também nunca o considerei bonito – penso que a respeitável opinião dos velhos amigos comprova que seu poder sedutor se manifestou precocemente. Com certeza, uma parte do carisma devia-se a sua ternura, qualidade rara nos homens brasileiros, machos ou *gays*, como já disse. A outra, vinha de sua inteligência brilhante.

Eu nunca soube ao certo, porém, de onde vinha realmente o fascínio que Arouca exercia sobre as pessoas, mesmo antes da consolidação da sua imagem como intelectual dotado de uma capacidade retórica extraordinária. Jamais fez pose de intelectual pedante e nada tinha de arrogante. A sedução talvez viesse dessa mistura de ternura e inteligência em uma pessoa que, desde muito jovem, sempre preservou valores humanistas. A esses ingredientes, naturalmente, tempos depois, somou-se o poder. Afinal, não se costuma dizer – às vezes com cinismo e ironia, mas este não é o meu caso – que do poder emana uma aura de sedução?

Não sei com quantas mulheres se envolveu ao longo da vida, devem ter sido muitas, mas consta que, durante quase todo o período de colégio, Arouca teria namorado apenas uma menina, que pelo nome já se percebe, devia ser uma típica garota interiorana: Ritinha. Achei essa história surpreendente, considerando que mesmo depois de maduro ainda se apaixonava com certa facilidade e chegava mesmo a sofrer por amor! Jovem, não deixava a barba crescida e, portanto, ainda não adquirira o costume de alisá-la com a mão esquerda. Passou a usar barba grande muito tempo depois, quando os fios já estavam bastante grisalhos. De barba comprida ficava parecendo um guru. Aliás, tempos depois, em 1986-87, já na fase da 8ª. Conferência Nacional de Saúde, tanto pela semelhança física quanto pela visão humanista, era chamado por alguns dos companheiros de discussão da Reforma Sanitária de *Rhalah Rikota*! Trata-se de um guru, um personagem muito em voga na ocasião, criado pelo cartunista paulista Angeli.

Em seu rosto, o que mais se sobressaia por trás dos óculos de grau – lentes não muito fortes – eram as sobrancelhas. Não sendo exageradamente espessas, eram marcantes, bem torneadas, acentuando o olhar doce, meigo, que, penetrante, fixava o interlocutor sem intimidá-lo. Desde moço não tinha cabelos no topo da cabeça. De uma cor castanha indefinida, os fios finos e não muito abundantes da cabeleira desciam da margem calva e iam até a altura dos ombros. Talvez fossem compridos para contrabalançar a careca. Costumava prendê-los em um rabo de cavalo ou deixá-los soltos, mas eram pouco volumosos. Era a moda. Todos os rapazes usavam cabelos compridos. Já nessa época ele não se preocupava para nada com a aparência física, sempre descuidado com o modo de se vestir. Não que fosse para seguir a estudada moda *hippie*.

Durante as partidas de futebol acadêmico disputadas no campo da, já então inoperante, Estrada de Ferro Mogiana exibia pernas bonitas e fortes. Como gostava dessas peladas! Além do futebol de campo e de salão, outros esportes quase não eram praticados pelos universitários. Felizmente, tampouco se ouvia falar de musculação, energéticos, enfim, dessas práticas mais narcisistas que saudáveis de hoje em dia!

A Faculdade de Ciências Médicas – FCM, da Unicamp, era apenas uma das três ou quatro novas escolas de Medicina recém criadas na década de 1960, no Estado de São Paulo. No ano de 1963, quando começou a receber alunos, passou a funcionar em dois andares de um prédio ainda em construção na Avenida Orozimbo Maia, futura sede da Maternidade Municipal, localizada no centro da cidade. Três anos depois passou a ocupar algumas enfermarias e salas da Santa Casa de Misericórdia, atrás da atual sede da Prefeitura Municipal – também ainda em construção – além de uma casa alugada, de dois andares, na Rua Dr. Quirino, cerca de duas quadras distante. Nesta última funcionava o Departamento de Medicina Preventiva. Todas essas instalações eram provisórias e ficavam na parte central da cidade, o que era ótimo pois podíamos circular o tempo todo pela parte mais comercial. Entre uma aula e outra, tínhamos por perto, e à nossa disposição para namorar, as praças tranqüilas, cercadas pelos alegres – e ótimos – restaurantes e lanchonetes de Campinas. Preferíamos o *Giovanetti* – então o único, no Largo do Rosário, onde, até hoje, se bebe um *chopp* excepcionalmente gelado e bem tirado, comparável ao do famoso *Pingüim* de Ribeirão Preto. Este último, segundo diz uma lenda local a respeito, é o melhor do Brasil. E caipirinha! E, sobretudo, comer aquelas *pizzas* maravilhosas, saindo fumegantes do forno a lenha, de sabor inigualável! Nada naqueles locais se assemelha aos botecos chiques de agora, ainda que estes sejam inspirados em botequins tradicionais como aqueles que freqüentávamos.

Arouca sempre gostou de cinema. A faculdade ficava perto dos três cinemas de Campinas que, nos anos sessenta, ainda tinha bem menos de meio milhão de habitantes. Na imensa sala de exibição do Cine Ouro Verde, curtíamos, além dos filmes italianos de Antonioni e Fellini, os franceses da *nouvelle vague* de Truffaut, Godard e Chabrol. E, claro, os filmes brasileiros do Cinema Novo com sua proposta de "*mostrar ao mundo a miséria do País através do cinema*". Sobretudo Glauber Rocha e seus filmes cheios de simbologia: *Deus e o diabo na terra do sol* (1964), *Terra em transe* (1967) e *O dragão da maldade contra o santo guerreiro* (1969). Nunca apreciei muito os filmes de Glauber. Não os entendia, mas admitir isso era passar por pouco inteligente. Ainda é! Era por todos considerado *o* Gênio! É bem provável que Arouca, sendo um comunista, tenha tido opinião mais favorável do que a minha sobre os filmes da *"estética da fome"*. Essa expressão remete a um manifesto de Glauber, de 1965, em que pretendeu inserir os filmes do Cinema Novo na conjuntura política, econômica e cultural da época. Não obstante, adorei filmes como *Vidas Secas* (1963) de Nelson Pereira dos Santos, *O Padre e a Moça* (1965) e *Macunaíma* (1969) de Joaquim Pedro de Andrade!

Além do cinema, o teatro e a música sempre foram muito importantes em nossas vidas! De 1965 em diante, ano em que Arouca ainda estava terminando seu curso de Medicina em Ribeirão Preto, enquanto o meu mal começara, nem de longe podíamos imaginar o privilégio que foi assistir, em Campinas, a determinados espetáculos musicais! Naqueles anos, minhas ousadas investidas pelo mundo do *showbusiness* simplesmente encantavam Sergio Arouca! Paternal, preocupava-se com as aulas que eu perdia devido à minha opção preferencial pela boemia, mas nessas ocasiões também notava uma ponta de inveja em seu olhar.

No fundo, sentia admiração por essa minha faceta corajosa. A enorme atração que sentíamos pela vida de boemia nos unia!

Rosas de Ouro já rodara por todo o Brasil. Foi praticamente o show de lançamento da cantora Clementina de Jesus (1902-1987) e que retirava do esquecimento Aracy Cortes (1904-1985), intérprete de grandes sucessos nos anos trinta-quarenta como *Jura* e *Ai iô iô!* Não soubemos que Aracy fora a musa inspiradora da *Pequena Notável*, Carmen Miranda! Além das duas estupendas cantoras idosas, o *show* apresentava um grupo de compositores de samba de raiz, os cinco *"crioulos inteligentes, rapazes muito decentes, fazendo inveja a muita gente"* Elton Medeiros, Jair do Cavaquinho, Nelson Sargento, Paulinho da Viola e Nescarzinho do Salgueiro. E pensar que se apresentavam em um palco simples, de algum clube de bairro! Não sei qual foi o motivo, pois nessa época o belo Teatro Municipal de Campinas ainda se erguia majestoso no centro da cidade. Foi demolido algum tempo depois. Assim como o massacre de índios, o desmatamento e a corrupção, a demolição de centenários teatros municipais também acontecia na surdina: era "varrida para debaixo do tapete"!

Outro espetáculo de resistência histórica à ditadura foi *Opinião*, que estreara em 1964 no Rio, no Teatro Zicartola, com Nara Leão (1942-1989), uma jovem carioca branca e de classe média alta e dois compositores negros, João do Vale (1934-1996) e Zé Kéti (1921-1999). João do Vale, nascido no Maranhão, é o autor de *Carcará,* a canção que lançou Maria Bethânia como cantora, e de outros tantos sucessos. Por sua vez, Zé Kéti foi um extraordinário sambista carioca, autor, entre outros sambas clássicos, de *A voz do Morro, Mascarada, Diz que fui por aí, Acender as velas*. No *show* ele cantava, provocativamente: *"Podem me prender, podem me bater, podem até deixar-me sem comer, que eu não mudo de opinião! Daqui do morro eu não saio não!"*.

Arouca foi uma das poucas pessoas que soube que um dia me tornei parceira musical de João do Vale! Natural, dado que minha participação naquela composição foi mínima e ocorreu apenas porque o compositor andou meio arrebatado pela garota loura de olhos claros, estudante de Medicina! Chegou a gravar a canção que compusemos, mas sequer comprei o *long-play*, sei lá por que motivo! A grana era bem pouca, com certeza, mas acho que o preconceito pesou nessa história. Nada além de um breve e jovial encantamento pelo mundo artístico, mas se ficassem sabendo que andava para cima e para baixo acompanhando João do Vale, um negro, nordestino, rude e, ainda por cima, artista... Em Campinas, Nara já havia sido substituída pela jovem e desconhecida cantora baiana. Perdi a conta de quantas vezes assisti ao musical, que, apesar da censura, teve uma longa carreira, mas foi em Porto Alegre que, pela última vez, o assisti e depois, madrugada afora, jantei na companhia de João do Vale, Zé Keti e do grande compositor Lupicínio Rodrigues (1914-1974)! Muito tempo depois, compreendi que tinha sido um encontro memorável! Nunca mais voltamos a nos encontrar.

Apesar do enorme sucesso que fez no passado, João do Vale morreu pobre, trinta anos depois daquele encontro. E houve outros jantares acompanhando João do Vale e artistas! Num deles estava Gilberto Gil, então um jovem de rosto cheio, óculos e cabelos curtinhos, freqüentador do Bar Redondo, no centro da cidade de São Paulo, bem ao lado do Teatro de Arena. Em outro, João do Vale me apresentou ao Plínio Marcos (1935-1999), depois considerado "o autor maldito" de peças ditas marginais como *Dois perdidos numa noite suja* e *Navalha na Carne*. Tempos fascinantes em que se podia ouvir o *Zimbo Trio* tocando na Baiúca e Claudete Soares cantando bossa-nova sentada em cima do piano, no João Sebastião Bar!

Algumas vezes, com Arouca sempre muito animado, seguíamos em um pequeno grupo para curtir a noite de São Paulo. Íamos ouvir Luiz Carlos Paraná, Marisa *"Gata Mansa"*, Mauricy Moura, Carmen Costa, Alaíde Costa e outros nomes importantes da música popular brasileira. As apresentações aconteciam no *Jogral*, uma casa noturna da Rua Avanhandava, na parte central. Seguia-se o imperdível suculento filé alto, preparado no alho e óleo e acompanhado de salada de agrião, do *Moraes*, um modesto restaurante da Avenida São João, quase esquina com Ipiranga. Finalmente, voltávamos, madrugada adentro, para Campinas, pela Via Anhanguera, então uma estrada perigosa e esburacada. Nossa! Como era bom curtir a noite paulistana!

Com maior freqüência também saíamos em turma para as nossas mais acanhadas, mas igualmente alegres, noitadas campineiras. Nessa época, adorávamos tomar conta dos palcos das churrascarias dos arredores da cidade aonde nos distraíamos por horas a fio. Arouca sempre gostou de me ver cantar! E varávamos as madrugadas cantando. Na maior parte das vezes, eu era acompanhada ao violão pelo colega Chico Viacava que cantava Noel Rosa: *"Quando o apito, da fábrica de tecidos, vem ferir os meus ouvidos eu me lembro de você..."* E prosseguimos cantando durante todos os anos que permanecemos em Campinas. Aliás, a bem da verdade, devo dizer que todos os meus amigos apreciavam meu canto. Lembro de uma daquelas noitadas, já no ano de 1974, em que Arouca me apresentou a um casal de cariocas recém chegados à Campinas: Cristina e Mario Possas. Ela, psicóloga, vinha trabalhar conosco na Medicina, enquanto que ele, engenheiro, faria o mestrado em economia na Unicamp. Essa universidade tem a tradição de ceder os docentes e pesquisadores, sobretudo economistas, para atividades em todas as esferas do poder público. Basta mencionar Luciano Coutinho, José Serra e Paulo Renato de Souza. Mario Possas, porém, nunca se interessou por ocupar cargos públicos, apesar de ter se tornado um dos mais respeitados pensadores de teoria econômica no Brasil. Continuei convivendo com esses amigos tão próximos durante décadas! Depois, nos distanciamos. Nem todas as amizades nos acompanham até a morte! *C´est la vie!*

Nossa geração, apesar de ter sido a primeira criada sob a influência da televisão, sempre valorizou mais o cinema e o teatro. Com quase nada para ler, a música, o teatro e o cinema funcionavam como verdadeiras válvulas de escape para as tensões e frustrações políticas. Na censurada América Latina, vários filmes europeus tiveram forte significado, sobretudo para os jovens. As questões políticas que algumas dessas películas propunham ardiam em nossos pensamentos. Se, para mim, essas recordações ainda guardam um forte significado, na época, a sensação, a cada um desses filmes ou peças teatrais que via, era a de ter cumprido uma façanha política extraordinária. O cinema político saiu de moda há muito tempo e hoje em dia nem todos sabem que esse gênero teve presença constante nos anos sessenta, adentrando nos primeiros anos da década seguinte. Recordo-me especialmente da frustração que sentíamos ao serem proibidos filmes como *Z*, de 1969, e *Estado de Sítio*, de 1973, ambos de Costa-Gravas, clássicos do *thriller* político sobre terrorismo de Estado e a presença sufocante dos Estados Unidos na América Latina. Lembro, ainda sob a censura, de várias outras produções italianas marcantes, todas do início da década de 1970, como *A classe operária vai ao paraíso* e *Investigação sobre um cidadão acima de qualquer suspeita*, ambos de Elio Petri, e *Sacco e Vanzetti*, de Mario Monicelli. Tratava-se de um conjunto de produções cinematográficas totalmente compatíveis com as expectativas do grande público formado por nós, que agora, na primeira década do século 21, estamos na faixa dos 60 anos, e continuamos fazendo parte da *"Geração dos Sonhos Coletivos"*. Talvez devamos creditar essa denominação, em boa parte, às influências exercidas por essas películas, com os modelos comportamentais que expunham!

Como já recordei há algumas páginas atrás, maio de 1968 foi épico, embalado pelo ecoar das palavras de ordem dos estudantes franceses entrincheirados em suas barricadas erguidas pelas belas e cinzentas ruas parisienses. Foi um ano em que, de modo explosivo, uma disposição revolucionária se fez presente difusamente, semeando um inacreditável potencial para o sonho naquela geração, na contramão de um mundo cada vez mais embrutecido pela guerra e indiferente ao sofrimento humano. Também em Campinas a disposição de ruptura da ordem estabelecida, de negação do *establishment*, era evidente! Em outubro aconteceu em Ibiúna, cidade próxima a São Paulo, o frustrado 30º. Congresso da UNE, onde foram presos de 700 a 900 dos 1.240 participantes. Alguns deles eram estudantes da Unicamp, mas nenhum de nós esteve presente àquela reunião. O então reitor da Unicamp e única autoridade universitária a visitar os estudantes presos no Carandiru, Zeferino Vaz, teria dito a seguinte frase aos comandos militares: *"Dos meus comunistas cuido eu!"*. Ao final do ano o regime endureceu com a edição do Ato Institucional número 5 e Zeferino mudou de atitude para não ser acusado de leniente com os excessos estudantis!

Na Unicamp, que então ainda contava com um número muito pequeno de estudantes, a expressão política institucionalizada daquela vontade difusa de se rebelar e reivindicar se deu nas denominadas *"comissões paritárias"* da Faculdade de Medicina. No início da década de 1970, suas reuniões ocorriam ainda sob a marcante influência dos acontecimentos revolucionários de maio de 1968 em Paris e de tudo o mais que sucedera no Brasil naquele ano. Eram *paritárias* porque estudantes, professores e funcionários delas participavam em bases igualitárias. E, sob um clima de forte tensão devido às perseguições políticas, transcorriam os calorosos debates sobre o peso da prática médica no modelo econômico e a contribuição da universidade na mudança da realidade de saúde do País. Arouca, evidentemente, sempre esteve muito envolvido e tenho para mim que foi depois dessas comissões que o departamento passou a se denominar de Medicina Preventiva e Social, mas não estou certa quanto a esse ponto. Discutia-se o currículo médico, mas, transcendendo aos aspectos técnicos do ensino, era, em primeiro lugar, um movimento de fundo político. Seu propósito era introduzir na educação médica a abordagem da política de saúde e o debate da missão do hospital universitário no contexto do sistema de saúde e político do País. Ambos os temas ainda hoje são desafiantes no Brasil.

Com as comissões paritárias, algumas lideranças universitárias almejavam obter o consenso necessário para fazer prevalecer, ou como se dizia, para tornar hegemônica, a seguinte idéia: formar médicos com *consciência* crítica da sociedade. Poderiam ter sido discussões decisivas para determinar transformações curriculares modernizadoras da educação médica não apenas em Campinas, mas no Brasil. Mas isso não pôde acontecer, devido às perseguições ideológicas. Acirraram-se as acusações de práticas subversivas e aumentaram as intimidações sobre o departamento, visando alguns de seus docentes, especialmente Tobar e os jovens professores Sergio e Anamaria Arouca! Todos passaram a ser perseguidos! E a cassação branca se anunciava cada vez mais próxima para o jovem casal!

Em que pese o recurso à palavra *paritária*, ainda não se observava, como nos tempos atuais, qualquer discussão relativa à contradição entre mérito *versus* igualdade de representação. Foi dos anos oitenta em diante que esse ardiloso dilema passaria a predominar, cada vez mais, nas instituições universitárias e, a meu juízo, com algumas conseqüências péssimas para o ambiente acadêmico brasileiro. Soube muitos anos depois que Arouca concordava, ao menos em parte, com essa minha opinião. Isso sucedeu durante uma longa conversa que tivemos em 2001, enquanto caminhávamos em volta da Lagoa Rodrigo de Freitas, no Rio. Adiante, voltarei a esse episódio.

Em 1968 eu e alguns colegas de turma de quinto ano fizemos duas viagens inesquecíveis. Uma delas foi para a Amazônia. Seguimos na segunda turma de estudantes universitários brasileiros atraídos pela Operação Rondon, então de claros e exclusivos objetivos ideológicos. Ainda que estivéssemos a convite das Forças Armadas, em pleno auge da repressão sobre o movimento estudantil ocorrendo sobretudo nas áreas metropolitanas de São Paulo e Rio de Janeiro, tínhamos clareza de que éramos contra a ditadura. Isso posto, nos dedicamos a conhecer e enfrentar as precárias condições de saúde de uma população consumida pelos ataques sucessivos de malária maligna e outras tantas enfermidades tropicais desconhecidas. Ademais, no então Território de Rondônia, para onde fomos levados, a floresta ainda estava toda lá, majestosa! Tempos bem anteriores à emergência na cena política brasileira de ambientalistas como Chico Mendes e Marina Silva, quando nada nos estimulava a ter preocupações ecológicas! E, ainda que minha consciência ecológica talvez fosse nenhuma, a Amazônia cravou em mim suas raízes profundas. Sofro por saber que a floresta que conheci foi quase toda posta a baixo no hoje Estado de Rondônia e me pergunto: o que fiz para impedir isso, ao longo dos anos? Nada, ou muito pouco, como a imensa maioria dos brasileiros!

A outra viagem de turma me levou à Europa em pleno ano de 1968. Estivemos em Paris poucos meses depois do levante estudantil e em Praga pouco antes da célebre Primavera, quando se deu a entrada das tropas soviéticas na cidade! Essa excursão foi inesquecível, sob vários aspectos, mas, à época, é provável que o fato mais excitante para todos nós tenha sido o encontro casual com a já famosa atriz de cinema Leila Diniz (1945-1972). Em 1969, apenas um ano depois daquele encontro, ela concedeu aquela célebre entrevista para o grupo de jornalistas irreverentes do tablóide Pasquim! Nela, Leila revelou-se a mais irreverente de todos! Por essa época, Arouca sequer podia imaginar que, um dia, em 2002, mais de trinta anos depois, seria ele o entrevistado da turma do Pasquim.

Leila, no filme *"Todas as Mulheres do Mundo"*, passara a simbolizar a disposição transformadora dos costumes que, no Rio de

Janeiro, assim como em Paris, em Campinas e nas demais cidades brasileiras mais sintonizadas com o mundo, contagiava os jovens. O corpo passava a ser a principal referência para a conquista das liberdades individuais apesar da repressão com que o militarismo pretendeu esquadrinhar cada passo de toda uma geração. Paulo José e Domingos Oliveira, ator e diretor daquele filme e, na época, ainda bem jovens, são hoje dois dos mais conceituados nomes do cinema brasileiro. Nosso encontro com a atriz se deu no avião da empresa aérea portuguesa que nos levava de São Paulo para Lisboa. Embarcou no antigo Aeroporto do Galeão, no Rio, a caminho de um festival de cinema. Com naturalidade, se juntou ao nosso grupo de pessoas tão jovens quanto ela. A viagem foi tranqüila, apesar das doses a mais do finíssimo uísque estrangeiro, então cortesia das companhias aéreas aos passageiros de todas as classes! No dia seguinte, em Lisboa, despediu-se do grupo, sem saber que seu riso sonoro ficaria gravado para sempre na memória daquelas pessoas que, inebriadas de tanta felicidade, prosseguiram em sua viagem por quase toda a Europa. Um pouco antes, em fevereiro daquele mesmo ano de 1968, em entrevista à revista *Fatos & Fotos*, Leila já havia dito aquela frase que tem a sonoridade de um poema: *"Não morreria por nada deste mundo, porque eu gosto realmente é de viver. Nem de amores eu morreria, porque eu gosto mesmo é de viver de amores"*. Não obstante, morreu quatro anos depois, em 1972, aos 27 anos! Sua morte em um grande acidente aéreo causou grande comoção em todo o Brasil. E com as únicas armas que possuía – beleza e capacidade de ousar – tornou-se um mito, um verdadeiro símbolo representativo da *"Geração dos Sonhos Coletivos"* no Brasil.

Após 31 de março de 1964, tivemos a felicidade de assistir, em

EM CAMPINAS

Campinas e São Paulo, a algumas das mais significativas montagens da dramaturgia brasileira e internacional, então dita *"conseqüente"*. Em geral, essas peças eram censuradas ou proibidas logo depois da estréia, mas hoje são consideradas históricas e antológicas: *Os pequenos burgueses*, de Máximo Gorki; a inesquecível encenação de *Morte e Vida Severina*, de João Cabral de Melo Neto, no Teatro da Universidade Católica, o TUCA; *Liberdade, liberdade*; *Arena conta Zumbi*; *O rei da vela* e várias outras. Diretores e atores eram intimados a depor e, depois, perseguidos implacavelmente. Muitos foram presos e torturados, vários partiram para o exílio. A sucessão cronológica de peças proibidas já era tão extensa em 1968 que dava a impressão de que a censura atingira o apogeu! Não foi, entretanto, o que aconteceu e, no começo da década de 1970, a repressão recrudesceu ainda mais violenta.

Nos anos sessenta a televisão começou a ganhar presença maior nos lares brasileiros. Nas *"repúblicas"* de estudantes, porém, tal aparelho era solenemente ignorado pelos jovens! Na TV só imagens em branco e preto, poucos canais, programas desinteressantes. O *padrão Globo de qualidade* só veio a se firmar na década seguinte, com a chegada da televisão colorida e a novela *O Bemamado* que, provavelmente, Arouca acompanhou, dado que nessa época era um *"noveleiro"*.

O programa *Jovem Guarda* era transmitido ao vivo, nas tardes de domingo, assim como os históricos festivais de música brasileira de audiência explosiva! Nestes últimos se apresentavam Elis Regina, Chico Buarque de Holanda e outros cantores iniciando suas brilhantes carreiras. Por essa época, Arouca nem em sonho se imaginava jogando futebol com o Chico Buarque! Pois foi o que veio a fazer, não uma, mas muitas e muitas vezes, já morando no Rio de Janeiro. Nunca me interessei por futebol e, naturalmente, não acompanhei esse seu lado de *"peladeiro"*. Certamente, a aproximação entre os dois deve ter se dado pela atuação política de ambos, cada um a seu modo. E não apenas pelo futebol, creio eu!

Época de sonhos e de apego às diversas manifestações artísticas. Das letras em inglês de canções, românticas ou não, que nos fascinavam pelo sentido político – forçosamente implícito – quase sempre presente. Curtíamos também os grandes ídolos jovens do *pop* internacional no período: Beatles, Joan Baez, Bob Dylan, Peter, Paul & Mary, The Mamas & The Papas, Janis Joplin, etc. Por essa época, Londres já havia se tornado a viagem dos sonhos de qualquer jovem, todos loucos para ver de perto os maravilhosos *hippies* que circulavam pelas lojas excêntricas e elegantes de *Carnaby Street*, *King's Road* e de *Chelsea*. Quem sabe, com um pouco de sorte, acontecesse de, ao flanar por essas ruas e quadras, topar com um dos Beatles! Voltei um bom número de vezes ao Velho Mundo. De cada viagem guardo boas recordações. Nenhuma delas foi como aquela quando, aos vinte e poucos anos, de japona surrada, calçando bamba e querendo tanto parecer uma *hippie*, via minhas fantasias desfilar pelas calçadas européias.

Arouca era uma das primeiras pessoas a quem procurava para me vangloriar das pequenas aventuras de viagem que na juventude ganham sabor tão especial. Curtindo meus relatos sobre as novidades, dizia ele, gazeteando, como de costume: *"Marília, conta mais um causo!"* Não demonstrava, porém, maior interesse em também viajar para a Europa. Ou melhor, é até bem provável que desejasse viajar para o exterior, mas para visitar a União Soviética, ou a Cuba de Fidel Castro, o que era ilegal para brasileiros, é claro! Apesar de que viajar para a Ilha – que, naqueles tempos, ainda emanava o glamour do belo Che Guevara – era uma impossibilidade para a qual todos nós éramos atraídos. O Che morreu assassinado pelo exército boliviano naquele mesmo ano!

Ao contrário do que era comum no meio da música internacional que nos agradava, não utilizávamos drogas alucinógenas ou psicodélicas, como se dizia. Em compensação, cigarros e porres monumentais faziam parte de nossas vidas. Vem dessa época o apego de Arouca pela caipirinha de limão, mas só de cachaça puríssima, e pelos pratos de camarão, de preferência à moda paulista! Em um contexto opressor, estávamos constantemente em busca de devaneio, sem que isso significasse, necessariamente, querer fugir da realidade que nos cercava. Os sobressaltos que a repressão política causava eram freqüentes e assustadores, mas ao menos não se ouvia falar de tiroteios da Guerra do Narcotráfico e nem de vítimas de balas perdidas. Da maconha já se falava, mas pouco. Cocaína, só gente muito rica começava a experimentar. Não que fôssemos caretas, muito pelo contrário. Ocorre que tínhamos tal capacidade para sublimar que sonhávamos o tempo todo sem necessitar recorrer às drogas mais faladas à época, como heroína, haxixe, ópio, ácido lisérgico (LSD) ou, até mesmo, os tais cogumelos estranhos de Caniço.

A primeira pessoa do nosso meio de que tomei conhecimento quanto a ser um usuário de drogas foi o jovem médico baiano que no começo dos anos setenta juntou-se ao grupo de professores da Medicina Preventiva. Embora cultivasse seus cogumelos, era um ótimo clínico geral, muito querido de seus pacientes, em Paulínia. Como bom baiano, e dos mais atrevidos, era próximo dos jovens cantores Caetano Veloso e Gal Costa. Ele se vestia e usava o cabelo grande como o deles. Eram todos tropicalistas, meio *hippies*, vaidosos, exibindo seus penteados *black power*. Entre os amigos anônimos de Caniço, recordo de Paulinho, um estudante da Unicamp. O belo rapaz *hippie* era filho do sociólogo e badalado professor cassado da USP, Fernando Henrique Cardoso. Caniço faleceu de repente, em 1976, no mesmo ano em que, junto com Arouca, chegou ao Rio de Janeiro. Disseram na época que morreu de aneurisma cerebral, mas, para todo mundo, pairava no ar a hipótese de convulsões seguidas de morte por *overdose*. Para sempre foi lembrado por Arouca, assim como por todos nós que o conhecemos bastante bem, como uma pessoa adorável.

Com Caniço aprendemos a fazer a legítima moqueca baiana. Certa vez, ele preparou uma de suas imensas e deliciosas moquecas na casa de uma de minhas colegas de turma, já então casada com outro colega de classe. Nós a achávamos parecida com a francesa Capucine, atriz do filme *A Pantera cor de rosa* e, como esta, era linda, magra e charmosa. Tempos depois, veio a ser o pivô deflagrador do processo de separação de Arouca da primeira esposa: apesar de o *affair* ter sido passageiro, daí em diante o casamento deles começou a desmoronar... . Só sei que moqueca baiana com o sabor daquela, nunca mais! Sentado no chão da varanda-garagem e exibindo aquela vasta cabeleira, Caetano Veloso dedilhava placidamente seu violão, enquanto comíamos inebriados de tanta pimenta e alegria! Uma das últimas noites da vida de Caniço foi passada no Rio de Janeiro, mais exatamente na boate *gay Sótão*, a mais badalada da época, que funcionava na agitada Galeria Alaska de Copacabana, na Avenida Atlântica. Andava muito bem acompanhado! Fazia parte do *entourage* de Mick Jagger, o líder dos *The Rolling Stones*, a mais consagrada banda de *rock´-n´-roll* do mundo! Quando o conjunto esteve no Brasil pela primeira vez, o *pop star*, assim como outros membros da banda, já estivera envolvido com acusações de consumo de drogas. Um músico do grupo, alguns anos antes, morrera de *overdose*. Fico me perguntando se Jagger se lembrou de Caniço nas outras várias vezes em que esteve no Rio.

No modo de se vestir, Arouca sempre foi muito careta e jamais o vi usar qualquer enfeite corporal. Contrastava com os demais jovens que, em geral, eram vaidosos, é claro, embora o consumismo fosse incomparavelmente inferior ao atual. A moda de todo dia, em Campinas, era totalmente casual e descontraída. Usávamos minissaia, às vezes saia comprida, japonas escuras, batas indianas e calças compridas de perna justa. Nos pés, sandálias rasteiras, botinhas e bambas. De calças *jeans* índigo *blues*, camisetas, tênis importado, mochilas, sandálias havaianas, hoje peças de nosso vestuário habitual, sequer se ouvia falar!

Certas intervenções corporais já eram um meio de auto-afirmação, mas apenas começavam a ser popularizadas pelos *hippies*. Nada comparável com a moda atual de ostentar tatuagens imensas e coloridas e andar de *piercing* pendurado nos locais mais bizarros. Está certo que na América pré-colombiana, os índios do *El Dorado* também usavam suas nada discretas *narigueras y orejeras*! A diferença é que eram ourives maravilhosos e se enfeitavam com o intuito exclusivo de se comunicar com o mundo espiritual, sempre devolvendo suas jóias, como oferendas, à Natureza! Enorme diferença!

Quando ainda estudava Medicina em Ribeirão Preto, Arouca

fazia parte de certa *Ordem do Cão* formada por cinco amigos inseparáveis. Nessa confraria, sabe-se lá por que, era chamado de Sergio *"Bandido"* Arouca. Apesar do apelido, jamais o vi usando roupas pretas e correntes penduradas pelo corpo! Em Campinas, as *"repúblicas"* de estudantes ficavam na parte mais central da cidade e ele, mesmo sendo professor, foi morar em uma delas. Formado por alguns dos meus colegas de classe, o novo grupo a que Arouca se juntou bem poderia ter sido denominado de *Ordem dos Esquisitões* e não sem motivo. Basta dizer que o apelido de um dos quatro ou cinco estudantes do grupo era *"Xarope"* ! Jovens de personalidades muito diferentes, não eram propriamente amigos. Era apenas por força das circunstâncias que compartilhavam a mesma moradia. Que, aliás, ficava bem próximo do então famoso em todo o Brasil, elegante e caríssimo restaurante francês *Armorial*, freqüentado – segundo se comentava na época – até por Juscelino Kubitschek, o ex-presidente da República. Arouca gostava de comparar esse seu grupo ao *Exército de Brancaleone*. Referia-se ao inesquecível e hilário filme de Mario Monicelli, de 1965 ou 66, com Vittorio Gassman, Catherine Spaak e Gian Maria Volonté. O longametragem fez tamanho sucesso no Brasil que, anos e anos depois, ainda era muito comentado. Inclusive por Arouca. Trata-se de uma paródia ao *Don Quixote*, de Cervantes: a figura central é um cavaleiro medieval atrapalhado que lidera um pequeno e esfarrapado exército, perambulando pela Europa em busca de um feudo. Tínhamos adorado essa marcante sátira de figurinos arrojados, exageradamente estilizados. Anos depois, volta e meia, lá vinha Arouca lembrando a *armata brancaleone*, sempre a rir muito. Era dele o papel do *cavaleiro-lider*, naturalmente! Gostávamos de cantarolar: *Branca! Branca! Branca! Leone! Leone! Leone...*

O período de vida de república foi breve. Ele namorou nessa época por algum tempo com uma jovem discreta que usava óculos e estava quase sempre vestida com um *"terninho verde-água"*, como se dizia. Sei que tinha uma atribuição específica no Departamento de Medicina Preventiva, mas não lembro qual. A moça era um pouco sem sal, mas Arouca parecia derretido por ela. Aliás, esse foi o primeiro conhecimento que tive do modo de agir dele quando apaixonado! Era do tipo capaz de seguir, de quase rastejar e depois cair de joelhos aos pés de uma mulher! Arouca, porém, até então, não tinha contado para ninguém que em Ribeirão Preto mantinha um ardente romance com uma sua colega de turma de Faculdade de Medicina! Com a chegada repentina de Anamaria Testa Tambellini a Campinas, que, a certa altura, tomara conhecimento da outra, o morno e pacato namoro campineiro, *vapt-vup*, terminou!

Anamaria chegou avassaladora à Campinas! A gíria da época "desbundada" parecia ter sido talhada especialmente para ela! Não se destacava pela beleza, mas pela sensualidade. Tinha um belo corpo que, ousada, gostava de exibir, usando um trajar exótico. Usava chapeuzinhos, boininhas, peninhas, ponchos... Era um estilo bem próprio dela, não que seguisse a moda *hippie*. Sem o saber, antecipava-se aos tropicalistas baianos. Mudou de estilo ao longo da vida, à medida que amadurecia e envelhecia – como todos nós –, mas manteve para sempre os traços mais marcantes com que, desde então, compunha seu vestiário. Fecho os olhos e a vejo, recém-chegada, fazendo *performance* corporal em campineira noite de eclipse lunar, acompanhando a apresentação de uma das pantomimas de Ricardo Bandeira, um discípulo dos consagrados mímicos franceses dos anos cinqüenta e sessenta, Jean-Louis Barrault e Marcel Marceau. Arouca a observava a meia distância, a expressão perdida entre desconforto e admiração!

Pouco tempo depois, demonstrando estar mais assustado com a situação do que propriamente apaixonado, Arouca se casou com Anamaria que veio a ser a mãe de seu primeiro filho, Pedro. Mas ela também não aparentava, na época, ser mulher afeita a romantismos, embora o fosse e muito! Mortalmente ferida no seu orgulho, mascarava essa sua virtude! E sendo muito doidona, não despertava grande simpatia em um ambiente de pessoas conservadoras. Com o passar do tempo nos tornamos amigas. Eu e outros amigos freqüentávamos com assiduidade a residência do casal. Adorava a comidinha caseira deles e as investidas constantes em certas novidades culinárias. Tinham trazido de uma viajem à Bahia uma escultura de madeira, um Exu preto, que ficava acintosamente exposto no terraço, bem na parte da frente da casa que dava para a rua! Sempre gostaram de animais, sobretudo de cachorros. Uma ocasião, seus cães começaram a morrer sem uma causa lógica. Passaram a atribuir essas mortes àquele Exu, a mando de algum *"caça comunista"*, desfazendo-se dele da noite para o dia! Talvez venha dessa época a mania de Arouca saudar as pessoas dizendo *"Saravá! Saravá!"*.

Acompanhei de perto a gravidez, o nascimento e a primeira infância de Pedro. Gravei na memória a imagem nítida dele como um bebê rechonchudo aninhado no colo de Arouca ou sentadinho na sua cadeirinha, comendo seus papás de legumes e de frutas ainda antes de completar dois anos. Hoje Pedro também é médico. É o pai de Clara. Arouca não chegou a conhecer a primeira neta.

Arouca e Anamaria eram bem integrados intelectualmente, sempre discutiam suas propostas de aulas, cursos e as idéias a respeito das respectivas teses então ainda em frenética fase de elaboração. E, não raro, discutiam com furor e agressividade, dado que havia uma competição ostensiva entre os dois. Eram professores do mesmo departamento. No entanto, as brigas, em geral, terminavam na cama, onde se entendiam melhor ainda, como faziam questão de deixar bem claro! Profissionalmente, Anamaria Tambellini veio a conquistar amplo reconhecimento por seus méritos como professora e pesquisadora de epidemiologia. Jamais deveu seu sucesso profissional ao fato de ter sido casada com Arouca, ainda que, em Campinas, compartilhassem o mesmo sobrenome. Aliás, mesmo não usando o sobrenome dele, posso assegurar que isso se aplica também às duas outras esposas, também médicas sanitaristas, com quem Arouca veio a se unir, muitos anos depois. Mas sobre elas, falarei mais adiante.

Seja como for, a professora, então mais conhecida como Anamaria Arouca, não merecia ter ouvido o que ouviu de um dos membros de sua banca de tese de doutorado, cujo conteúdo analisava acidentes ocorridos em algumas rodovias brasileiras: – *Trata-se de um trabalho pioneiro e muito bem elaborado, estatística e teoricamente, mas como Arouca defendeu na véspera sua excepcional tese, a comparação é fatal e, infelizmente, isso a desfavorece!* Vi muita gente ser inconveniente e cruel em bancas de defesa de tese. Ninguém, porém, jamais superou aquele comentário infeliz! Qualquer que tenha sido a nota dada ao final, foi difícil digerir comparação tão insensível e inoportuna! Depois de ouvir comparações desse tipo, que não eram tão raras, Anamaria tornou-se cada vez mais agressiva com Arouca. Durante certo tempo depois da separação, continuou carregando o sobrenome do ex-marido e foi com esse nome que, a princípio, se tornou conhecida nacionalmente. Só depois de muito tempo as pessoas se acostumaram a chamá-la novamente pelo sobrenome de solteira.

Tendo iniciado suas carreiras acadêmicas praticamente ao mesmo tempo, como fundadores daquele Departamento de Medicina Preventiva, mesmo depois de separados, jamais se afastaram de vez, muito embora o relacionamento deles, em certos momentos, tenha se tornado ainda mais conflituoso. Anamaria jamais deixou de ser vaidosa. Maria Luiza, sua irmã, também o é, ainda hoje. A cunhada de Arouca, por quem ele sempre teve muito carinho, um dia também veio para Campinas, contratada para o grupo de assistentes sociais da Faculdade de Medicina. Eu e Maria Luiza moramos na mesma república, por um ano, quando éramos vizinhas de porta do elegante e jovem casal de médicos especialistas e docentes da faculdade, os doutores Nelson e Silvia Brandalise. Ficava no edifício situado bem em frente à Santa Casa de Misericórdia, de modo que bastava atravessar a rua, condição bastante conveniente em se tratando de tempos de intensa atividade hospitalar! Anos depois, Maria Luiza também se mudou para o Rio. Quando nos sentamos para papear, é como se Arouca estivesse por perto!

Acho que foi em algum momento do final da década de 1960 que Arouca, já casado, começou a praticar o *Tai Chi Chuan*. Com isso estava acompanhando o que sucedia em vários lugares do mundo. Por exemplo, nos Estados Unidos, observava-se uma guinada, em escala ampliada, para certas práticas das sociedades não-ocidentais, compreendendo artes marciais, como o *Tai Chi* e o caratê, dieta macrobiótica, devoção a um guru hindu e ao zen-budismo. Arouca não praticava o *Tai Chi* apenas como quem acompanha todas as mudanças para estar na *"crista da onda"* – como se dizia. Curtia muito essa atividade que combina exercício físico com relaxamento e meditação, em busca de paz e saúde. Como não fazia alarde quanto a isso, não sei se ele continuou praticando sistematicamente o *Tai Chi Chuan,* com o passar dos anos. Acredito que não. Soube apenas que, três ou quatro anos antes de morrer voltara à prática, no bucólico Jardim Botânico: "Você veio fazer *tai chi* (TC) conosco no Jardim Botânico, no grupo do Estevão, em meados de 1999. A gente não te conhecia e nem sequer sabia da tua importância pública como médico sanitarista. Você era simplesmente um aluno desengonçado e sem jeito: até parecia que a prática do TC seria muito difícil para você. Mas no decorrer das aulas, dia a dia, a tua humildade e perseverança foram eliminando o que seriam as limitações físicas e você veio a ser o aluno mais dedicado." (Denise Queiróz, professora de *Tai Chi Chuan*).

Adoro caminhar pelas alamedas do Jardim Botânico. Lá, além da onipresença de Tom Jobim, é impossível deixar de pensar em Sergio Arouca praticando dedicado o seu *Tai Chi*!

CAPÍTULO 5

DA MEDICINA PREVENTIVA À MEDICINA SOCIAL

O primeiro dos generais presidentes do regime militar, Humberto de Alencar Castelo Branco (1900-1967), permaneceu nesse posto de março de 1964 a março de 1967. Em outubro de 1966, a hoje consagrada Unicamp ainda não passava de uma simples pedra-fundamental, fincada por Castelo Branco, acompanhado pelo reitor Zeferino Vaz (1908-1981), em um terreno onde havia um extenso canavial, no distrito de Barão Geraldo, um local a oito quilômetros do centro de Campinas.

Naquela conjuntura o debate político passou a ser, por toda parte, alvo de crescente censura. O antagonismo autoritário tornava-se, porém, cada vez mais impotente, em face da crescente ambição de erguer o novo no espaço universitário, que ainda estava por nascer. A repressão acabou produzindo um resultado paradoxal. Involuntariamente, gerava efeitos contrários aos pretendidos com suas ações coercitivas: alentava o desejo de novas idéias, a vontade de transformar o presente e de arquitetar um futuro idealizado.

Nos então escassos e fragilizados departamentos de medicina preventiva brasileiros, a discussão política sobre a necessidade de reformas na assistência médica foi se ampliando e ganhando consistência. Comparativamente ao que acontecia por todo o País, pode-se dizer que a repressão praticamente não atingiu aquele ambiente, embora, não raro, professores e alunos fossem taxados de subversivos e os conteúdos das aulas catalogados como reles proselitismo político, como idéias vermelhas perigosas. Mesmo assim, éramos forçados a conviver com os ubíquos censores oficiais no cotidiano ou com seus cúmplices. Naqueles tempos, as pessoas defensoras ferrenhas da ditadura se alastravam por toda parte. Conteúdos inovadores e críticos da realidade social eram ministrados com máxima cautela, quando não precisavam ser dissimulados em *primeiro e segundo discursos.* Era preciso tomar cuidado e não fazer alarde, senão as traíras oportunistas gritavam:
– *É propaganda comunista! É marxismo! É vermelho!*

Apesar da baixa cotação da Medicina Preventiva na grade curricular dos cursos de graduação, e mesmo debaixo das patas da ditadura, foi a partir dessa disciplina que se constituiu, no cerne da conservadora Medicina brasileira, entre os meados dos anos sessenta e setenta, uma liderança intelectual de esquerda que, apesar de numericamente restrita, era profundamente coerente e corajosa. É fantástico observar como a confluência de certos fatores, sob certas circunstâncias, é capaz de dar origem a um movimento social! Na época havia um verdadeiro caldo de cultura política bastante favorável, o que propiciou a união de um grupo pequeno de certas pessoas – e não de outras – dotadas de certas qualidades – e destituídas de outras – e que optaram por seguir certo modelo – e não qualquer outro – , como forma de resistência à ditadura.

Como fruto dessa confluência o *movimento pela Reforma Sanitária* começou a ser gerado. Arouca descreveu esse processo com as seguintes palavras: "Durante a ditadura militar a Unicamp era, no Brasil, certa ilha de tranqüilidade, aonde a repressão quase não chegava e, dessa forma, tornava-se possível existir um pensamento crítico. Contávamos com um espaço de liberdade de crítica do pensamento dominante até aquele momento, e tínhamos também a possibilidade de nos relacionar com o Instituto de Filosofia e Ciências Humanas, com o pensamento marxista no campo da sociologia e da economia. Começamos, então, a publicar e a trabalhar com uma outra visão sobre a saúde, a fazer uma análise marxista em saúde, o que era feito com muito cuidado. No Departamento, mantínhamos relações com outros países da América Latina e com a Organização Pan-Americana da Saúde (OPAS), sobretudo por intermédio do Juan César Garcia e do Miguel Marques, que nos davam acesso à bibliografia ora proibida no Brasil. Diante disso, o Departamento era um pólo bastante avançado do pensamento da esquerda na área da saúde, de luta contra a ditadura e até com possibilidades de experimentar a criação de um sistema de saúde que integrava atividades da Previdência Social, das secretarias estadual e municipal de saúde e da universidade, com grandes inovações no campo do ensino". (Trecho do depoimento *David foi um mestre nas alianças*, para a revista *Saúde em Debate*, CEBES: Rio de Janeiro, v.24, n.56, set./dez. 2000, p.8).

O grupo de Campinas, com Arouca à frente, assim como outros grupos pequenos de docentes ao qual se agregou aos poucos um número crescente de jovens universitários e de outros seguidores, comunistas ou não, disseminados por todo o País, tinha um sonho que não era exclusivamente brasileiro: reformar o ensino, as instituições de saúde e muito mais. Em Campinas, a novíssima escola de Medicina favorecia a disposição daquelas pessoas, propiciava a liberdade de criação, em um momento em que já não havia liberdade de pensamento no Brasil. Não era nada fácil ser um pólo avançado de pensamento da esquerda na área da saúde naquela época! A bem da verdade, era praticamente impossível! Não obstante, Arouca acreditava que, um dia, e a partir daquele departamento, naquela cidade tão tradicionalista, um pensamento e um processo renovador se irradiariam para a educação médica praticada em todo o País. Ao contrário da *revolução de 64* (essa denominação ecoava em nossos ouvidos como um insulto), a reforma da educação médica se daria não mais a partir da Medicina Preventiva, mas sim da Medicina Social.

De acordo com as idéias que eram emanadas no período pelos professores integrantes daqueles grupos que debatiam a respeito da Medicina Social, é perfeitamente possível perceber que, na prática, sua proposta se confundia com a revolução, sempre de ordem pacífica, almejada pelos militantes comunistas. Chegaria o dia em que a Medicina Social haveria de contribuir para transformar o Brasil em uma sociedade livre, democrática e menos injusta! Essa era a grande esperança, a crença que semeava a vontade de lutar! A autonomia da educação universitária era o bem precioso a defender!

Arouca descreveu com as seguintes palavras as razões que levaram à necessidade de evoluir da Medicina Preventiva para a Medicina Social: "Envolvi-me profundamente com a Medicina Preventiva, que marcou minha vida. Na Medicina Preventiva começo a estudar distribuição de doenças, a causa das doenças e como enfrentá-las, não do ponto de vista individual, mas coletivo. Quando eu começo a enfrentar isso, me pergunto sobre qual o instrumental teórico para repensar a sociedade? Eu tenho que começar a discutir as determinações sociais. Não me basta estar discutindo que o bacilo de Koch provoca a tuberculose. Tenho que começar a estudar as ciências sociais, interpretando a dinâmica da sociedade e ver como isso provoca a tuberculose. Então começamos a discutir se na Medicina Preventiva o aluno deveria estudar Ciências Sociais. Sim, no ensino médico você tem que introduzir as Ciências Sociais. Agora quais? Começamos um confronto na área da saúde de toda esta questão de interpretação da realidade. Por outro lado, quando a Medicina Preventiva nasceu, tinha a seguinte orientação: qualquer médico tem uma ação que pode ser preventiva. Seja fazendo cirurgia plástica ou qualquer outra ação, ele pode ter uma ação preventiva. Era uma influência muito norte-americana, em que eles sentiam a dificuldade de estar aumentando o custo da Medicina e, mesmo assim, ver seu impacto diminuir. Entenderam que uma forma de aumentar esse impacto – mantendo a Medicina liberal, baseada nos seguros de saúde – era fazendo com que todos os médicos passassem a ter uma consciência voltada para a prevenção. E passaram esse modelo para cá. Uma das primeiras brigas que tivemos foi dizer que esse modelo nada tinha a ver com a gente. Aí se deu essa idéia de começarmos a criar um campo no Brasil que supera a Medicina Preventiva e que se transforma em Medicina Social". (Trecho da entrevista "Doutor Democracia" para o Pasquim, de agosto de 2002)

Além do pequeno grupo de professores que, em Campinas, respondiam pelas aulas de Medicina Preventiva e Epidemiologia, na capital do Estado a referência era a Professora Maria Cecília Ferro Donnangelo. Cecília era uma socióloga brilhante, discípula do celebrado marxista *uspiano* Luis Pereira. Além dela, trabalhava no mesmo Departamento de Medicina Preventiva da Faculdade de Medicina da Universidade de São Paulo (USP) o médico e professor de epidemiologia Guilherme Rodrigues da Silva. Era outra figura admirável, mas sem a verve teórica de Cecília. Por essa época, eu, com meus olhos de estudante de Medicina e médica residente mais interessada na Pediatria, via todos eles como professores ilustres, mas distantes. Esses mestres, já falecidos, vinham resistindo solitários e bravamente ao conservadorismo universitário. Na sede da Avenida Dr. Arnaldo, Cecília, especialmente, por não ser médica, sofria nas mãos do reacionarismo que então reinava absoluto naquela faculdade. Sequer podia imaginar que, na década de 1980, eu ousaria convidá-los a colaborar no ainda embrionário programa de mestrado em Saúde Pública da Fundação Oswaldo Cruz (Fiocruz), no Rio de Janeiro. E que aceitariam o convite! Mas sobre esse ponto, volto a comentar depois.

No Rio de Janeiro também já se manifestava uma necessidade forte de ampliar a reflexão crítica sobre a forma como a Medicina era ensinada e praticada no País. Foi lá que a Medicina Social passou a ser nome de instituto! O Instituto de Medicina Social da

Universidade do Estado do Rio de Janeiro (UERJ), criado no fim da década de 1960, começava a se organizar em torno de um grupo pequeno de professores, entre os quais se destacavam Nina Vivina Pereira Nunes, Hésio Cordeiro e José Noronha Filho.

De que modo os estudantes de Medicina percebiam essa movimentação a partir da Medicina Preventiva, essa transformação em direção à Medicina Social? Bem, durante os três primeiros anos do curso de Medicina, cada aluno, por sua própria escolha, feita exclusivamente em função de afinidades e influências pessoais, começa a desenvolver a sensação de pertencimento a uma dada especialidade médica. Como ocorre ainda hoje, já naquela época a grande maioria preferia ligar-se às disciplinas mais tradicionais da clínica ou da cirurgia, consideradas mais "nobres". Essa disposição, entretanto, geralmente os afastava – ainda afasta, e muito! – das questões sociais e políticas, as brasileiras e as do mundo. Em conseqüência, muitos dos contestadores jovens dos dois primeiros anos de estudo, daí em diante, passam a se parecer, cada vez mais, com os profissionais mais afamados, não raro se tornando tão arrogantes quanto os modelos escolhidos, alienados, auto-referenciados e alheios ao sofrimento humano. O reacionarismo, aliás, passou a caracterizar não apenas os médicos, mas parcelas expressivas da intelectualidade brasileira em geral, formada durante o período do militarismo. Reacionarismo, alienação e desumanidade, não raro, andam de mãos dadas! São *"modos de andar a vida"* – como diria o grande filósofo francês Georges Canguilhem – que não se ajustam à Ética Médica, mas que se tornaram prevalentes entre certo tipo de profissionais, muitos dos quais, dos mais bem sucedidos!

Inicialmente, as atividades dos pioneiros departamentos de Medicina Preventiva contemplavam alguns projetos cujo objetivo era propiciar um contato mais direto dos alunos com as comunidades locais. Debatia-se a necessidade de levar os estudantes para fora do hospital, como insistia o Doutor Tobar, em Campinas. Visava-se o ensino com ênfase na prevenção a ser praticado próximo do *"mundo real das pessoas"*, ou seja, inserido nos bairros mais pobres da cidade (como se as classes média e alta estivessem fora do mundo real!). Era a crença no poder de conscientizar através do simples *"contato sensual com a realidade"* como diria Arouca – carregando na ironia – , anos depois, em sua tese de doutoramento.

Assegurar essa nova inserção para o ensino implicava em romper a hegemonia exercida pelo especialista, o que, naturalmente, gerava muitos conflitos internos! O ensino deveria voltar-se para os problemas concretos das famílias, que necessitavam ser estudados e compreendidos também em suas causas sociais e econômicas, indo além do aprendizado quase exclusivo das causas biológicas. Entretanto, ainda se tratava de uma interpretação bastante reducionista, na qual o social é percebido apenas como uma meia dúzia de "fatores" a serem quantificados: fator número 1 com peso tanto; fator número 2 com peso tanto..., e assim por diante! Os fatores formando imagens estranhas, pretensamente didáticas, de *"espiral ascendente da miséria"*, de *"ciclo vicioso da pobreza"* etc. Mas o fato é que aquela disposição de reinterpretar a realidade para melhor valorizar a análise das causas determinantes e dos condicionantes das condições de saúde e da doença sobreviveu, refinou-se e ganhou o mundo. A análise teórica da determinação social da doença e da saúde passou a ser cada vez mais elaborada e reiterada, mas a implementação de políticas públicas a ela relacionadas pouco avançou. Na realidade, esse é um desafio que persiste até o presente, como se depreende da necessidade de uma *reforma* da Reforma Sanitária, tão propalada por Arouca, anos e anos depois.

Uma experiência decisiva para a revisão crítica do modelo de organização social do cuidado em saúde e do processo de formulação de políticas de saúde e de planejamento e gestão de serviços de saúde no País foi o *Programa de Saúde da Comunidade* da Unicamp. Concebido e liderado pelo Departamento de Medicina Preventiva e Social, esse programa inovador foi oficializado e iniciado em 1973.

No Programa de Paulínia, como ficou conhecido, além do atendimento às necessidades específicas de saúde, havia a intenção de considerar a população como componente ativo do processo de organização dos serviços de saúde. Essa sua ousadia terminou resultando no desligamento da universidade de uma boa parte dos membros que iniciaram a experiência, seguido pela posterior reformulação dos objetivos iniciais. Na verdade, isso ocorreu por que era uma intenção vinculada politicamente ao projeto de transformação social proposto pelo Partido Comunista Brasileiro, então ilegal e na clandestinidade, conforme Arouca deixou claro: "Esse grupo de Campinas passou a ser uma referência nacional e muitos dos que lá trabalhavam também eram militantes do Partido Comunista Brasileiro, do PCB. Como militantes, mantínhamos relações com outros companheiros e militantes do PCB e passamos a ter contatos com companheiros e pessoas de esquerda que queriam fazer a Residência Médica em Campinas, uns procurando uma área inovadora do pensamento crítico, outros porque estavam praticamente proibidos de cursar a Residência em outros locais. Alguns militantes políticos que durante a ditadura militar tinham sido perseguidos, presos ou caçados, quando se formavam eram proibidos de cursar a Residência Médica, não tinham acesso à pós-graduação. Companheiros que estavam proibidos de cursar a Residência no Rio de Janeiro estavam procurando um lugar onde pudessem estudar Medicina Preventiva, e como a Unicamp passou a ser esse centro de pensamento de esquerda, estabeleceram contato comigo via PCB." (Trecho do depoimento *David foi um mestre nas alianças,* para *Saúde em Debate*, CEBES: Rio de Janeiro, v.24, n.56, set./dez. 2000, p.8.).

Nos anos setenta ainda não havia, como hoje em dia, tantos mestres e doutores disponíveis. Aliás, não havia sequer tantas faculdades de Medicina como agora. No Estado de São Paulo havia apenas sete faculdades, todas públicas. Em 2007, já são 31 cursos de medicina no Estado de São Paulo, sendo apenas oito deles públicos! O Brasil tornou-se o segundo país do mundo quanto ao número de escolas médicas! Esse aumento tornou evidente que a avaliação da relevância social das escolas brasileiras – baseada na demanda social e na necessidade de ampliação do acesso à educação superior, respeitando-se parâmetros de qualidade e outros requisitos – não tem sido efetuada de modo consciencioso. Não vou, porém, afirmar aqui que tenha havido a privatização do ensino médico no Brasil. Seria leviano de minha parte tecer conclusões desse tipo. Ademais, não me propus a levar adiante análises de temas como esse neste livro, como já disse!

Nem todos, porém, eram militantes do PCB. Algumas pessoas procuravam pela Residência Médica simplesmente porque eram atraídas pelo discurso da Medicina Preventiva, enquanto outras eram movidas pela necessidade de tomada de posições críticas com relação à educação médica e às questões nacionais, sobretudo porque se tratava de lutar contra a ditadura militar, mas nos espaços institucionais. Quaisquer fossem os motivos, o que sei é que naquele ambiente universitário específico sequer se cogitava pegar em armas. Arouca sempre valorizou a inserção da Medicina Preventiva nessa modalidade de treinamento médico para recém- graduados, mas, sobretudo, porque o via como um espaço de discussões críticas e de inserção de certas práticas políticas transformadoras da realidade: "tínhamos um debate sobre o que havia de melhor no pensamento de esquerda na área da saúde. Queríamos ter uma prática política e, portanto, além da discussão acadêmica, além da discussão teórica, discutíamos como fazer política por meio da saúde, além de fazer política na saúde. Existiam discussões sobre qual era o papel da saúde na luta política contra a ditadura, sobre qual era o papel do médico: se quando estava no consultório atendendo ele estava desempenhando um papel de conscientizador. Nossas pesquisas viravam elementos de conscientização. Em todas as nossas ações, tínhamos uma prática política e uma reflexão". (Trecho do depoimento *David foi um mestre nas alianças*, para *Saúde em Debate*).

É, realmente, na interpretação dos militares sobravam motivos para cobrar do Reitor medidas enérgicas para debelar a ocorrência de atividades que consideravam subversivas, contra eles, na Unicamp! E foi o que passaram a fazer com insistência crescente. Sobretudo naquele *"ninho de comunistas"*, como dizia o reitor Zeferino Vaz, que era o Departamento de Medicina Preventiva e Social. Essas atividades eram subversivas sim, pois, por meio delas buscava-se desesperadamente contribuir para a volta da democracia e dos diretos humanos ao Brasil, portanto, subvertendo a ordem vigente. E, se elas não derivaram jamais para a luta armada e para o mero proselitismo ideológico, em compensação, com elas, os comunistas conseguiram erguer os alicerces do futuro Sistema Único de Saúde.

Uma bandeira ética emulava aquela resistência institucional à ditadura militar! A ação política conduzida na Faculdade de Medicina, porém, não poderia ser exercida em detrimento do compromisso com a competência técnica, nem do respeito pelos valores acadêmicos: "Todas as ações significavam, ao mesmo tempo, atividades acadêmicas – e possuíamos a consciência de que tínhamos que ser extremamente competentes do ponto de vista da pesquisa, do ponto de vista do conhecimento científico – e, concomitantemente, extremamente críticos na ação política. Em tudo que fazíamos havia uma dimensão política. Na disciplina de ciências sociais, criticávamos a sociologia norte-americana para estabelecer uma análise marxista; na organização dos serviços de saúde, começávamos a colocar a reforma sanitária do ponto de vista da democracia; os indicadores de saúde – o aumento da mortalidade infantil, por exemplo – serviam para denunciar a ditadura. Tudo era transformado em bandeira de luta contra a ditadura militar". (Trecho do depoimento *David foi um mestre nas alianças*, para *Saúde em Debate*).

Em suas recordações sobre aquela experiência universitária,

Arouca não poderia ter deixado de reverenciar devidamente a memória do médico sanitarista David Capistrano da Costa Filho. David nasceu em 1948, em Recife, Pernambuco, e faleceu em 2000, em São Paulo, aos 52 anos de idade, em conseqüência de complicações no transplante de fígado que realizara. Foi líder estudantil, autor e editor de vários livros no campo da saúde coletiva e, como Arouca, também era dotado de uma eloqüência arrebatadora: "Entre os primeiros grupos que chegaram do Rio estava o David, que eu conhecia de nome, porque seu pai era uma figura importante na direção nacional do PCB – na ocasião, na clandestinidade – e também por sua militância no movimento estudantil, por ser uma pessoa brilhante e guerreira, combativa. A relativa liberdade que se tinha na Unicamp permitiu que constituíssemos um grupo de residentes de primeira, dentro do Departamento de Medicina Preventiva. Não só de gente do PCB, como era o caso do David, mas de pessoas de diferentes grupos de esquerda; da esquerda católica, de outros movimentos... Enfim, pessoas de vários estados, todos com visão crítica sobre a saúde, com participação política e sem possibilidades de atuação em seus estados de origem." (Trecho do depoimento *David foi um mestre nas alianças,* para *Saúde em Debate*).

Filho de pais comunistas, quando David chegou a Campinas, já trazia na sua biografia o registro de ter sido preso e torturado quando ainda era pouco mais do que uma criança, logo no começo da ditadura militar. Em 1974, dez anos depois desses tristes acontecimentos em sua vida, eu era responsável pelo Serviço de Puericultura do Centro de Saúde de Paulínia, onde se davam as atividades do Programa de Saúde da Comunidade. Conforme Arouca disse, David fazia parte do primeiro grupo de médicos residentes do, já então, Departamento de Medicina Preventiva e Social e, como tal, estagiou na Puericultura sob minha orientação. O pai dele, nessa época, já estava na clandestinidade. Devido às minhas atitudes intransigentes, próprias de pessoas jovens, com relação a tudo que se referisse às condutas pediátricas, acabei tendo problemas de relacionamento com David e outros residentes do grupo dele... . O assunto foi levado a Arouca, que precisou intervir para acalmar os ânimos. Não sendo nada de muito sério, nos entendemos rapidamente.

David voltou a ser preso em 1975. Quando algum militante era levado pelas forças do obscurantismo, dizia-se que "caíra"! Arouca se impressionava com a capacidade inesgotável que David demonstrava de resistir aos sofrimentos impostos pela ditadura: "Durante esse período em que estivemos em Campinas ele foi preso várias vezes, em várias circunstâncias; virou, mexeu e lá ia o David preso. O impressionante é que ele saía da prisão como se não tivesse acontecido nada. Tinha sido torturado, espancado, e saía no mesmo pique, com o mesmo humor, era realmente uma coisa impressionante, como se a prisão e a tortura já tivessem sido como que incorporadas à forma de luta dele. Dávamos cobertura e atendimento às pessoas que caíam e, geralmente, as pessoas que eram presas, torturadas, tinham todo um tempo de depressão, precisavam de um tempo para poder de novo se incorporar à vida comum. O David não." (Trecho do depoimento *David foi um mestre nas alianças,* para *Saúde em Debate*).

Algum tempo depois, Arouca, David e outras pessoas fundaram o *Centro Brasileiro de Estudos em Saúde*, o CEBES. Um pouco antes, ainda em 1976, David estava se preparando para lançar a revista *Saúde em Debate*. E o primeiro número da revista antecedeu à criação do próprio CEBES. David foi o primeiro editor e me consultou se poderia publicar uma versão abreviada da minha tese de doutorado *"Análise das Limitações e Possibilidades de Atuação em um Serviço de Puericultura"*, que tinha defendido naquele ano, na Faculdade de Medicina. O incrível é que ele mesmo se encarregou de preparar o "excerto". Foi a primeira vez que ouvi tal palavra usada fora do contexto da música clássica e proferida logo pela boca de David Capistrano Filho!

Sempre guardei enorme afeto e muita admiração por David! E sei o quanto Arouca o admirou como ser humano, mesmo nos momentos em que estiveram, por razões políticas, afastados. No entanto, se havia convergências entre as idéias de ambos nas discussões sobre os rumos da Reforma Sanitária, havia divergências profundas entre eles no terreno das questões partidárias. Durante o afastamento de David do PCB, houve alguns confrontos com Arouca em torno de idéias e propostas político-partidárias divergentes. Anos depois, quando David já militava no Partido dos Trabalhadores (PT), houve novas confrontações públicas, cada um esbanjando categoria própria na arte da retórica! David Capistrano Filho atuou nos últimos quinze anos de sua vida como militante expressivo do PT, onde se tornou uma liderança importante, tendo sido secretário municipal de saúde e Prefeito de Santos. Atuou ainda como consultor do Ministério da Saúde quando José Serra era o ministro e, nessa ocasião, Arouca já estava em pleno exercício de seu segundo mandato de Deputado Federal.

Considero inúteis as comparações entre Sergio Arouca e David

Capistrano Filho ou mesmo com qualquer outro ativista político de esquerda. No entanto, tratando-se de dois dos mais expressivos militantes da área da saúde, se tornaram alvo dessas inevitáveis comparações: "A saúde teve seu Che Guevara, guerrilheiro firme e terno, na figura brilhante de nosso amigo David Capistrano. Sergio Arouca, no entanto, é o Grande Estadista da Saúde, sempre foi. A generosidade, a capacidade de congregação e compartilhamento e, sobretudo, a imensa e clara visualização do futuro, a idealização, são marcas do gênio de um estadista." (Depoimento de Caco Xavier, jornalista do RADIS).

David Capistrano da Costa, pai de David, foi um líder comunista histórico, desaparecido em 1974, mesmo ano em que seu filho e eu discutíamos por nossas divergências de puericultura! Foi assassinado pela repressão. Considero essencial que haja o pleno resgate da memória desses acontecimentos para possibilitar que as gerações mais jovens tenham plena consciência do que pode acontecer quando a ingerência do governo no dia-a-dia dos cidadãos se torna abusiva, como aconteceu naquele período quando predominaram as práticas de negação total dos direitos humanos. Admiro os que continuam lutando pela transparência dos arquivos oficiais do período, seja no Brasil, na Argentina, no Chile ou em qualquer outro país do mundo. É inaceitável a hipótese de que tudo que sucedeu com as pessoas naqueles anos, na América Latina, possa algum dia cair totalmente no esquecimento. O pai de David foi uma delas.

Durante o período acadêmico em Campinas, o trabalho de Arouca foi, em grande parte, dedicado a uma extenuante análise conceitual e teórica do discurso oficial da Medicina Preventiva. É desse período a tese de doutoramento *O Dilema Preventivista*, defendida em 1976, na Unicamp. Trata-se de um texto no qual o autor mergulhou fundo no estruturalismo de Althusser e na arqueologia de Foucault, antes de adentrar na sua análise fundamental e inédita do que chamou de *o dilema preventivista*. Foi uma contribuição decisiva para a revisão teórica, não apenas da Medicina Preventiva, mas para a compreensão das formas de organização social do cuidado em saúde no Brasil. *O Dilema Preventivista. Contribuição para a Compreensão e Crítica da Medicina Preventiva* ainda é uma obra de referência obrigatória em programas de pós-graduação.

A médica sanitarista Sarah Escorel – ex-presidente do CEBES, e segunda esposa de Arouca – , a respeito de *O Dilema*, concorda com o que destacou o professor da Universidade Federal da Bahia Jairnilson Paim: "... este trabalho, e a tese de Cecília Donnangelo sobre o mercado de trabalho médico, inauguraram o campo da Medicina Social no Brasil. Tese hermética, difícil de ler". (Trecho do depoimento de Sarah Escorel "Sanitarista Utópico", para o Boletim ABRASCO n. 88 Maio/Setembro de 2003, página 4). A tese de doutoramento de Cecília – *Medicina e Sociedade: o Médico e seu Mercado de* Trabalho (São Paulo: Pioneira, 1975) – contempla uma análise concreta, de base empírica, do trabalho médico na formação social capitalista brasileira contemporânea. Na verdade, o trabalho posterior, da segunda metade dos anos setenta, *Saúde e Sociedade* (São Paulo: Duas Cidades, 1976), e tese de livre-docência de Donnangelo, pode ser considerado "inaugural" do campo da Medicina Social no Brasil. Ambos são trabalhos inerentes ao materialismo histórico, porém são textos distintos.

Os méritos intelectuais de Arouca eram inquestionáveis, tanto que sempre teve grande prestígio e gozou de autoridade intelectual entre os cientistas e intelectuais brasileiros e latino-americanos. No entanto, se tomarmos por base os critérios de avaliação empregados para medir a produtividade científica dos pesquisadores brasileiros – controvertidos, por serem sobretudo quantitativos – , Arouca não se inclui entre os de maior produção acadêmica do campo da Medicina e da saúde pública. Assim, embora Arouca sempre tenha reconhecido e valorizado devidamente a importância de os brasileiros publicarem trabalhos científicos em periódicos internacionais, vale dizer que não se preocupou em aplicar a si próprio a regra do *publish or perish*. E, não obstante, não *pereceu*, como diz a pedante expressão do idioma inglês adotada com tanto gosto por alguns brasileiros!

A contribuição verbal de Arouca sempre foi sua característica mais importante e ele considerava mais relevante dedicar-se a ela do que a escrever *papers*. Era nos momentos de oratória pública que expunha sua excepcional criatividade. Fez uma opção e foi coerente com ela! Sei bem o que isso significa: também descobri que escrever ensaios e livros é muito mais gratificante do que publicar artigos e mais artigos ultra-específicos e sempre no mesmo tema, em revistas especializadas! Não estou afirmando que publicar artigos científicos seja irrelevante, mas sim que outras opções deveriam ser igualmente respeitadas na avaliação de mérito acadêmico, desde que tragam contribuições marcantes. O problema é que não são!

Com efeito, conforme descreveu com muita propriedade Sarah Escorel, no período em que Arouca se dedicava à tese "... ele falava complicado, escrevia ainda mais complicado. Era árduo acompanhá-lo quando pegava uma tangente teórica. Mas, só quando pegava essa tangente. No mais, era um papo muito bom. E, à medida que foi se afastando do estruturalismo, ou essa corrente intelectual foi sendo amenizada pela obra de Gramsci e pela vida, passou a escrever cada vez mais inteligível. O papo foi ficando ainda melhor, até que abdicou definitivamente de escrever. Dedicou-se apenas a falar". (Trecho do depoimento "Sanitarista utópico" ao Boletim ABRASCO).

Suas aulas causavam enorme sucesso, mas, infelizmente, hoje são apenas lembranças vagas! E foram tantas as palestras perdidas! Fico triste quando penso que essa parte tão rica de sua herança, hoje apenas perdure frágil na memória de ex-alunos e de algumas outras pessoas privilegiadas (me considero uma delas). Sei que muitas das falas e discursos de Arouca foram gravadas. Em algum momento será necessário garimpar esse material, onde quer que esteja guardado, seja na Fundação Oswaldo Cruz, no Congresso Nacional, nas universidades, enfim, pelos inúmeros lugares por onde passou. Algum dia, quem sabe, esse acervo possa vir a ser devidamente organizado e preservado. Poderá então ser acessado e analisado pelas novas e futuras gerações que assim poderão melhor conhecer o papel desempenhado por Sergio Arouca na história da Medicina e da Saúde Pública no Brasil.

Arouca deixou, portanto, poucos textos publicados. O principal trabalho acadêmico, a tese de doutoramento, só foi publicado depois de sua morte. Outros escritos esparsos foram originados nos períodos acadêmicos posteriores à Campinas, sobretudo quando desempenhou atividades docentes no Rio de Janeiro, na hoje denominada *Escola Nacional de Saúde Pública Sergio Arouca*. Nenhum deles, porém, alcançou, nem de longe, a importância de *O Dilema Preventivista*. Teimoso, e, às vezes, irritante, Arouca não dizia nem sim nem não para as inúmeras investidas feitas, em décadas, visando publicar sua tese de doutorado! Em uma dessas ocasiões me disse que não fazia mais sentido publicar um trabalho tão hermético, que considerava datado. Na verdade, o ouvi dizer várias vezes que essa publicação não valia a pena! Jamais concordei com essa opinião, mas a vontade de Arouca sempre foi respeitada por todos que fizeram tentativas para convencê-lo do contrário. Só bem próximo do fim, autorizou a primeira esposa, Anamaria, a encaminhar a publicação. Os trabalhos de revisão e edição foram feitos com especial dedicação e muito carinho. O sucesso do livro, publicado tempos depois de sua morte, confirma que o texto é atemporal.

Na época em que escrevia sua tese, digamos de 1974 a 1976, a Unicamp já estava mais estruturada, mas ainda não possuía o prestígio atual. A pequena importância acadêmica atribuída ao Departamento de Medicina Preventiva e Social e o vínculo profissional com uma universidade recém-criada não foram, porém, obstáculo para o sucesso profissional de Arouca. Tanto assim que, dono de uma inteligência brilhante, em 1972 já era consultor da Organização Pan-Americana de Saúde (OPAS). Entre 1972-73 chegou a representar o Brasil no Comitê Assessor de Investigações para a América Latina daquela entidade e, nesta condição, em poucos meses, desempenhou funções no México, Estados Unidos, Colômbia, Peru, Honduras e Costa Rica. Alguns anos depois, já no começo da década de 1980, foi de mudança para a Nicarágua. Já tinha alguma experiência internacional quando trabalhou com *planificación nacional de salud* para o governo sandinista. Dessas experiências sobrou a admiração profunda que muitos profissionais latino-americanos e caribenhos, especialmente cubanos e nicaragüenses, guardam por Arouca: "Sempre será o companheiro da Nicarágua Sandinista, da Colômbia de Camilo, desta ilha com Fidel e o Che, enfim, de nossa América e do mundo. Sua figura, sua calvície, seus óculos e seu pensamento sempre estarão conosco. Não o esqueceremos". (Depoimento conjunto de Miguel Márquez, médico equatoriano, e Francisco Rojas Ochoa, sanitarista cubano, por ocasião do falecimento de Arouca.)

Arouca, no entanto, se tivesse desejado, poderia ter viajado mais do que o fez, sobretudo, para os países ricos da Europa, Japão, Estados Unidos. Desde a Unicamp, nunca lhe faltaram oportunidades. Como já disse anteriormente, ao contrário da grande maioria dos pesquisadores brasileiros, ele não demonstrava grande entusiasmado com as viagens ao exterior, absolutamente necessárias por conta de suas responsabilidades institucionais. Até mesmo quando foi Presidente da Fiocruz, sempre que podia, transferia para outros a missão de representá-lo no exterior. Nessas horas revelava o pacato caipira que jamais deixou de ser!

Em uma noite de frio polar da década de 1970, recordo apenas vagamente que estávamos em um teatro em São Paulo, participando de um evento de discussões políticas sobre Saúde. Pela primeira vez vi Arouca ser aclamado por um auditório lotado! Naquele instante pressenti as mudanças que estavam por acontecer em nossas vidas. Compreendi que a década dos 60, aquela que para sempre ficaria marcada pelos sonhos coletivos dos nossos vinte anos, havia ficado irremediavelmente para trás.

CAPÍTULO 6

EM MONTEVIDÉU

No começo dos anos setenta vivíamos sob a ditadura Médici (1969-1974) e, no final da década, já estávamos sob o comando de João Baptista Figueiredo (1979-1984), que declarou preferir *"o cheiro dos cavalos ao cheiro do povo"*. Experimentávamos a política econômica comandada em grande parte pelo ex-ministro Delfim Neto, que levou ao denominado *"milagre econômico"*, como ficou conhecido o excepcional crescimento econômico observado durante os anos de chumbo, especialmente de 1969 a 1973. Delfim, sempre seguro e arrogante, afirmava: – *"Primeiramente, é necessário fazer o bolo crescer para depois dividir"*. Como sabemos, o bolo cresceu, e cresceu muito, e, como também sabemos, não foi dividido! Ou, quem sabe, já tinha sido dividido, mas nós é que não ficamos sabendo! E como poderíamos, sob tão intensa censura? Com efeito, graças a essa política, o País ostentava taxas de crescimento bem superiores à média mundial.

No entanto, os primeiros estudos acadêmicos, corajosamente, revelaram a péssima situação da miséria e o agravamento galopante da distribuição de renda e do perfil da desigualdade social no País. O general presidente Figueiredo teve que se dobrar e, engolindo em seco, reconhecer: – *"A economia vai muito bem enquanto o povo vai muito mal"*.

Foi um período obscuro, em que muitos brasileiros, alguns deles hoje famosos, tiveram que partir para o exílio, *"num rabo de foguete"* como cantava Elis Regina na música que fazia menção ao irmão do Henfil (1944-1988), o cartunista do Jornal do Brasil e do Pasquim. Assim como seus dois irmãos, Betinho e Chico Mario, Henfil era hemofílico. O três adquiriram a Aids através de transfusões de sangue contaminado logo no início da disseminação dessa enfermidade infecciosa no País, provavelmente no começo da década de 1980. Pouco antes, no final da década de 1970, já começara a ocorrer a "distensão", ou seja, um insipiente afrouxamento das regras impostas a todo o País pelos militares, com a aprovação, aos 29 de agosto de 1979, da Lei da Anistia. Essa lei, que não perdoava os envolvidos em "atos terroristas", representou uma vitória parcial dos movimentos sociais organizados e da oposição e que desde a segunda metade da década, clamavam por "anistia ampla, geral e irrestrita".

Como outros tantos brasileiros exilados, *o irmão do Henfil*, o sociólogo e ativista dos direitos humanos Betinho (1935-1997), retornou ao Brasil em 1979. Em 1981, apenas dois anos depois de regressar do exílio, ele já tinha fundado uma organização não-governamental, o Instituto Brasileiro de Análises Sociais e Econômicas, o IBASE, onde passou a dedicar-se ao projeto *Ação da*

Cidadania contra a Miséria e Pela Vida. Pela dedicação e liderança que exerceu nesse movimento social, e que alcançou uma grande adesão da sociedade, passou a ser uma figura conhecida e admirada por todos. Durante a fase de Arouca como presidente da Fiocruz (1985-1989), e mesmo depois desse período, Betinho, cada vez mais magro e debilitado, se tornou uma presença constante na instituição, um verdadeiro parceiro, sempre muito celebrado em suas visitas, pela sua luta persistente contra a fome e contra a Aids. Por ter sido um brasileiro de extrema humanidade, coisa cada vez mais rara de se ver, deveria ser para sempre lembrado. Mas não sei se isso acontecerá.

Nos meados da década de 1980, a Fundação Oswaldo Cruz isolou e identificou, pela primeira vez, o tipo do vírus que já estava circulando no Brasil há, pelo menos, três anos, causando a elevação explosiva do número de pessoas infectadas. O responsável pela façanha extraordinária foi o pesquisador Bernardo Galvão Filho. Na época, estando à frente da superintendência de planejamento da Fiocruz, durante a gestão de Sergio Arouca, assessorei o Doutor Galvão no processo que envolvia uma imprescindível transferência internacional de microorganismos. Desde bem antes dessa fase, mas já no final da década de 1970, já sabíamos o quanto se havia torturado e matado nos sombrios porões do DOI-Codi (Destacamento de Operações de Informações – Centro de Operações de Defesa Interna), um departamento do Serviço Nacional de Informações, o SNI, a polícia política do regime militar, de triste memória.

Logo no começo da década de 1970 a situação se tornara ainda mais difícil, de pleno domínio da linha dura, mas em 1973, às vésperas de completar meus 30 anos de idade, eu já tinha tido o privilégio de assistir, em Montevidéu e Buenos Aires, a um bom número de filmes, todos de claríssima intenção política e proibidos aqui pela censura. É claro que isso foi antes de o clima político fechar de vez também no Uruguai e na Argentina. Naquele ano realizava a última etapa da minha formação pós-graduada, na *Universidad de la República Oriental del Uruguay*. Logo depois de ter cumprido os estafantes três anos de residência médica em Pediatria, na Santa Casa de Misericórdia de Campinas, viajei para Montevidéu para completar minha especialização médica. Pela primeira vez, passei a morar num apartamento alugado só meu! E dei adeus para sempre à vida de república de estudantes.

Fui parar no Uruguai por orientação do Doutor José Aristodemo Pinotti, meu orientador formal de tese de doutorado e, então, responsável pela área de saúde materno-infantil e Diretor da Faculdade de Medicina da Unicamp. Jamais deixei de reconhecer, entretanto, que meus orientadores de fato foram Arouca e Anamaria, que na época também desenvolviam as respectivas teses de doutorado. Sempre fui grata a Pinotti, também por outro motivo. Ele e Arouca me tiraram de uma situação difícil, quando me vi em vias de ser expurgada da faculdade, em pleno último ano da residência médica! Duas décadas depois, finalmente, fiquei sabendo que os reais motivos daquela perseguição foram os ciúmes doentios que certo professor da Pediatria sentia de outra pessoa do departamento por quem amargava uma violenta paixão não correspondida! Só então compreendi porque implicava tanto comigo, até com as camisetas brancas que eu usava e que, sendo das primeiras levas que surgiam no mercado brasileiro, sequer eram justinhas. Arouca e Pinotti não ficaram sabendo dessa história de ciúmes, pois havia dado minha palavra que não a revelaria e, de fato, a mantive! Não teve tanta importância assim, mas, para mim, palavra dada é palavra dada!

Nessa fase, Pinotti era um aliado político de Arouca. Essa aliança foi de enorme valia naquela conjuntura em que os ambientes universitários eram infiltrados com um número razoável de professores e funcionários reacionários e impregnados de traíras de todo tipo. Em Campinas ele já era e continuou sendo um homem de muitas posses, mas a disparidade nas condições materiais de ambos jamais interferiu no respeito que sempre nutriram um pelo outro e que tampouco foi afetado pelas eventuais divergências políticas. No começo dos anos setenta, o casal Arouca co-assinou com Pinotti um importante documento de referência sobre faculdades de medicina tradicionais *versus* escolas médicas inovadoras e que foi inspirador de muitas experiências de campo e de trabalhos teóricos posteriores. (Refiro-me ao artigo *Facultades de medicina tradicionales e inovadas: tentativa de análisis tipológico*, publicado pela revista *Educación Médica y Salud*, em 1974). Do depoimento de Pinotti, depreende-se que as idéias e esquemas, bastante originais à época, foram concebidos por Arouca. Para minha tese, sobre Paulínia e a crítica da Puericultura, o texto deles teve grande valor referencial.

Pinotti veio a ser o terceiro reitor da Unicamp (de 1982 a 1986) na linha de sucessão de Zeferino Vaz (1966-1978). Seu nome surgiu em meio a uma grande crise que atingira a universidade e contou com o apoio de um grupo de jovens professores de Economia: João Manoel Cardoso de Melo, Luiz Gonzaga de Mello Beluzzo, Paulo Renato de Souza e José Serra, estes dois últimos recém trazidos de volta ao Brasil do exílio no Chile. Após a fase de reitoria, Pinotti voltou para São Paulo, tornou-se secretário de Educação e da Saúde, elegeu-se deputado federal, passando por vários partidos políticos. Depois de algum tempo como secretário de Educação do Município de São Paulo (2005-2006), foi reeleito deputado federal. Nessas atividades jamais deixou de trabalhar como ginecologista, especializado em cirurgia de mama! Jovem, foi um dos homens mais belos que conheci em toda minha vida!

Pinotti, quando ainda era diretor da FCM, no auge da crise da década de 1970 na Unicamp – quando o reitor Zeferino Vaz definiu a Medicina Preventiva como um *"ninho de comunistas"* – mandou renovar o contrato de Arouca. O reitor se viu na difícil situação de ter de respaldá-lo. E o fez, mas com relutância. Foi Pinotti também quem trouxe para os quadros da Faculdade de Medicina outro médico com histórico de militância na esquerda: Nélson Rodrigues dos Santos ou simplesmente Nelsão, como é mais conhecido no movimento sanitário, e que estivera preso no Paraná. Esses dois contratos valeram a Pinotti uma intimação do exército para dar explicações sobre eles. Mas os comunistas foram mantidos e Zeferino saiu desse episódio, como de outros, como *"protetor da esquerda"*, mas sabemos que esse não era bem o caso. Antes de mais nada, o reitor sabia negociar muito habilmente com os militares e políticos aliados, em virtude de ter que assegurar a própria posição. Sempre com aquela piteira entre os dedos da mão esquerda, nós alunos achávamos que o *Zefa*, como o chamávamos, era a própria imagem ao vivo do *Amigo da Onça*, o genial personagem criado pelo cartunista Péricles para a revista *O Cruzeiro*, nos anos cinqüenta! Ineqüivocamente, porém, Zeferino

EM MONTEVIDÉU

Vaz foi um dos poucos empreendedores capazes de criar grandes universidades públicas modernas e que deram certo no Brasil! E desde jovem jamais deixei de reconhecer sua importância.

O *Centro Latino Americano de Perinatologia-CLAP* de Montevidéu, para onde Pinotti me enviou, dedicava-se às pesquisas clínicas em seres humanos e em animais e, na época, era mantido pela Organização Pan-Americana da Saúde (OPAS). O CLAP era então chefiado pelo seu criador, um internacionalmente famoso especialista em fisiologia obstétrica e neonatal, Professor Roberto Caldeyro-Barcia, um uruguaio alto, de porte olímpico e sisudo. Como bolsista da OPAS ganhava cerca de trezentos dólares por mês. Essa quantia era mais do que razoável para me manter com um bom padrão de vida no Uruguai, que então tinha uma moeda muito desvalorizada em relação ao dólar.

Quando fui de Campinas para o Uruguai levei comigo minha surrada vitrola portátil – assim se dizia. Apesar de a agulha arranhar, impiedosa, meus discos de vinil preferidos, aquela vitrolazinha vermelha era uma grande companhia para uma jovem brasileira, morando sozinha em um país estrangeiro, ainda que fronteiriço. O pequeno apartamento do bairro de *Pocitos*, em Montevidéu, era alugado e, apesar de ficar apenas a uma quadra do *Rio de la Plata*, raramente ia à *la playa*. As águas do rio, sempre escuras e gélidas, não eram muito convidativas. Uma das raras vezes foi quando Arouca e Anamaria foram me visitar. O casal se hospedou comigo. Chegaram trazendo um belo presente: o álbum-duplo *Clube da Esquina*, dos mineiros Milton Nascimento e Lô Borges. Nas raras vezes em que volto a ouvir as músicas desse disco, fico nostálgica, lembrando da gente e do País naqueles anos! Muitas das músicas evocam para mim certas cenas vivenciadas em Montevidéu.

Pelas ruas, casa a casa e por todos os cantos, a milícia militar caçava os *Tupamaros,* um célebre movimento de guerrilha urbana do Cone Sul. A população instruída da capital uruguaia, empobrecida e sobressaltada, se fechava, cada vez mais. Além do forte arrocho econômico, ocorriam prisões em massa, cidadãos eram seqüestrados, havia muitos desaparecidos, grassavam boatos sobre mortes e torturas. Diariamente, solitária, fazia longas caminhadas, pelas ruas repletas de canteiros de hortênsias de uma rara tonalidade lilás, quase azuis. Estava acostumada com a fartura de flores em Campinas e não me conformava com o fato de não termos hortênsias tão lindas, enormes, como jamais voltei a ver outras iguais. Elas me animavam a enfrentar o incessante vento glacial que, especialmente no inverno, soprava do Rio da Prata, castigando ainda mais a sofrida cidade cinzenta. Muitas vezes tomada pelo medo, seguia pelas ruas silenciosas, repletas de edifícios pequenos, a maioria já então em plena decadência, tentando me desligar por alguns breves momentos das agruras conjunturais. Atravessava o grande e quase deserto parque central, curtindo seu verde deslumbrante e apreciando a beleza da imponente escultura *La Carreta* – um carro de boi monumental, de bronze, verde escuro, quase preto – antes de, finalmente, chegar ao Hospital de Clínicas.

Era uma longa caminhada! Mesmo assim, sempre que podia, tratava de evitar os velhos ônibus. Tinha medo das viagens inesperadamente interrompidas por policiais e soldados que, violentos, apontavam suas armas para os pobres passageiros intimidados. A maioria era gente idosa. Em grande número, os velhos predominavam na composição populacional do País. Além disso, também me sobressaltavam os tumultos provocados por esfomeados e improvisados batedores de carteira. Em suma, havia motivos de sobra para os uruguaios repetirem a lamuriosa história de que seu País, até poucos anos antes, era considerado a "Suíça da América Latina".

Apesar do clima sombrio, conseguia fazer tudo o que, há muitos anos, deixara de ser permitido em meu próprio País. Para mim a sensação de liberdade era imensamente prazerosa, depois de viver anos sob a ferrenha censura brasileira. Experimentava o prazer de viver e conviver com novos amigos em uma democracia, ainda que ela já tivesse começado a se esvair. Descobria com sofreguidão o rico universo cultural uruguaio. Ia sempre ao cinema e ao teatro, mas raramente saía à noite. Em uma dessas ocasiões, levei Sergio e Anamaria para conhecer o *Cafetín de Antaño*, um velho *almacén*, como se diz. Queria que meus amigos queridos ouvissem o tango mais autêntico da cidade, tocado por músicos que eram verdadeiros virtuoses do *bandoneón*. Depois os levei também às apresentações de outro grupo bastante sofisticado, que mesclava música clássica e tango: *Camerata del Tango*.

Maravilhosos momentos! Estava feliz da vida com a presença deles em Montevidéu! A temporada do casal Arouca na cidade não foi, porém, apenas recheada com música e passeios. Como não poderia deixar de ser, houve política. Certa noite houve uma reunião quase clandestina em meu apartamento. Silenciosa por força das circunstâncias – opressoras, como sempre –, mas com muitas *pizzas* regadas a uísque escocês e cerveja uruguaia. Uma festa assim era um luxo para os uruguaios! A situação política e econômica do país tornava tudo tão difícil para eles que, mesmo em se tratando de pessoas de classe média alta, nas festinhas infantis dos filhos, não podiam servir outras iguarias além de pão e manteiga! Isso quando havia manteiga! Havia escassez de tudo no Uruguai: fósforos, querosene, alimentos, etc. Meus convidados eram, quase todos, comunistas, mas pouco se falou de política partidária. Muito se conversou, entretanto, sobre o agravamento crescente da situação política em alguns dos países da América do Sul. Conversávamos sobre o que o futuro próximo reservava para nossos povos, nos sentindo igualados e unidos no horror às ditaduras avassaladoras que estavam se implantando no Continente Sul-Americano. Ninguém admitia a hipótese de ser impotente ou de ficar impassível diante da situação que se deteriorava! Era preciso lutar, reagir! E, de fato, algumas daquelas pessoas se engajaram ativamente na resistência uruguaia, enquanto outras seguiram para o Chile, antes de a situação também se agravar por lá.

Incrível como a música sempre foi um componente presente em minha amizade com Arouca! Sempre apreciei o tango, para ouvir e dançar, mas na época preferia comprar as bolachas de vinil de cantores de música latino-americana *"de protesto"*, como se dizia. Foi quando descobri, fascinada, a cantora Mercedes Sosa, uma cantora argentina de raízes indígenas. Comprei todos os discos que haviam sido gravados até então e que já eram muitos, pois desde meados dos anos sessenta vinha conquistando as platéias do mundo, com seus dois primeiros álbuns. Fez tanto sucesso que as canções *"de protesto"* também passaram a ser chamadas, em espanhol, de canções *"com fundamento"* porque sua carreira se iniciou com uma gravação independente com esse título. No presente, em 2007, *la india* Sosa ainda canta. Com mais de 70 anos de idade, continua sempre de poncho e segue tocando seu bumbo, mas já não repete o sucesso arrebatador do passado. Coube a mim a honra de tê-la apresentado musicalmente a Sergio Arouca, ainda em Montevidéu! E posso assegurar que essa apresentação não foi um fato menor na vida dele, pelo menos por um bom tempo.

Em Montevidéu, eu comprava com sofreguidão livros e mais livros. Ia além das obras incluídas em uma lista que pedi ao meu amigo comunista preferido, Sergio Arouca! Suas sugestões, naturalmente, foram todas sobre marxismo, contemplando autores completamente inacessíveis, há anos, no Brasil, o que explica minha avidez pela leitura. Ainda vejo a pequena folha de papel escrita com aquela caligrafia peculiar, feia e miúda, de Arouca. A listinha começava com *Para leer el Capital*, de Martha Hannecker, incluía o próprio Marx, o estruturalista Althusser e as obras inesquecíveis e essenciais *O normal e o Patológico*, de Georges Canguilhem e *O nascimento da clínica* de Michel Foucault. Por essa época o estruturalismo estava na ordem do dia e, é claro, ocupava um espaço enorme na cabeça de Arouca, envolvido que estava com a tese!

Minha disposição para ler era grande, mas maior era minha compulsão para comprar e comprar livros, com base em meus próprios critérios, também por força das circunstâncias opressoras. E a cada semana, diariamente, comprava também semanários, revistas e jornais. Havia tanta coisa para ler e tão pouco tempo pela frente antes de ter que regressar! Descobria textos que hoje são clássicos, como *As veias abertas da América Latina*, de Eduardo Galeano. Deleitava-me a leitura em espanhol de Julio Cortázar, que então ainda vivia, e do extraordinário Manuel Puig. Devorei *Libro de Manuel, Boquitas pintadas, La traición de Rita Hayword*. Ainda guardo todas as minhas belas primeiras edições desses romances. Tempos também de descobrir as tiradas sarcásticas da Mafalda, a menininha respondona, mas adorável. Criação genial do cartunista argentino Quino, Mafalda odeia sopa, racismo, e é profundamente preocupada com a política. Na verdade, deixou de ser uma simples personagem de histórias em quadrinhos, pois, de tão assimilada que foi da década de 1970 em diante, consta que saiu das tiras e se tornou parte da sociedade argentina!

Depois de alguns meses de confrontos e perseguições, sob forte pressão, o presidente do Uruguai, o civil Juan María Bordaberry, eleito em 1972, comandou o golpe de Estado de junho de 1973, cedendo o governo aos militares. O Congresso foi dissolvido e suspenderam-se as liberdades civis. Os partidos políticos e as alas sindicais de esquerda acabaram sendo banidos. Eu havia chegado ao Uruguai, para morar, em 9 de outubro de 1972, portanto, poucos meses antes do golpe, quando numerosos uruguaios ainda podiam celebrar nas ruas centrais da Capital a memória de Che Guevara (1928-1967), assassinado quatro anos antes. A celebrada democracia uruguaia permaneceu interrompida durante mais de 20 anos. O retorno do governo civil ocorreu somente em 1985 e, algum tempo depois, finalmente, os combalidos *Tupamaros* também retornaram à vida pública, como um partido legal, passando a integrar a *Frente Amplia*.

Nos últimos meses de 1973, com ansiedade, me preparava para retornar ao Brasil, preocupadíssima em como disfarçar meus livros e discos para a viagem de regresso. Para que não fôssemos, eles e eu, retidos pela Polícia Federal, naturalmente! Carregando um peso enorme na mochila e nas mãos, foi com enorme tensão e com as pernas tremendo que percorri as intermináveis pistas dos aeroportos de Carrasco, Porto Alegre e Congonhas nas três escalas do avião. É inacreditável, mas consegui trazer tudo comigo, sem enfrentar qualquer dificuldade, além do peso e do medo de ser surpreendida com todos aqueles livros censurados!

Foi quando ocorreram sucessivos acontecimentos políticos novos na América do Sul. O Presidente do Chile, Salvador Allende, foi deposto e assassinado em 11 de setembro de 1973, pelo golpe militar liderado pelo General Augusto Pinochet. Na Argentina, mergulhada em conflitos violentos entre Montoneros, marxistas, peronistas e direitistas, Juan Perón, depois de 18 anos de exílio na Espanha, iniciava no mês de outubro daquele fatídico ano de 1973 seu terceiro mandato. Após a morte de Perón, nove meses depois, em julho de 1974, seguiu-se o desastroso mandato de Isabelita Perón que terminaria abruptamente em março de 1976, com o golpe dos militares argentinos. Estes assumiram o controle do País pelos longos e tenebrosos anos que se seguiram, permanecendo no poder até 1982.

Foi nesse mesmo ano de 1982 que os amigos argentinos de Arouca, Mario Hamilton e Adolpho Chorny, puderam se exilar no Rio, pois, ao menos por aqui, finalmente, a ditadura militar já começava, embora muito lentamente, a dar seus últimos suspiros! Arouca foi fundamental para as carreiras profissionais desses dois amigos, sempre alardeando suas competências na área para todos os lados.

CAPÍTULO 7

A SAÍDA DA UNICAMP

Do Uruguai voltei para Campinas, pois já estava contratada como docente da Faculdade de Medicina. Como já disse, eram os tempos de *"milagre econômico"*. Ao final de 1973 a Unicamp já contava com quadros profissionais altamente qualificados. Por iniciativa do Magnífico Reitor Zeferino Vaz a universidade incorporou diversos cientistas renomados, entre os quais o celebrado físico César Lattes, todos vindos de fora da cidade e do Brasil. Essa iniciativa foi decisiva para a Unicamp se tornar, em poucos anos, uma das mais produtivas e respeitadas instituições de pesquisa do País. Uma verdadeira máquina de produzir conhecimento.

Quando regressei, os ventos políticos sopravam totalmente a favor do reitor, mas que, não obstante, já passara a ser alcunhado irreverentemente ora de *"mandarim"* ora de *"napoleãozinho"* da Unicamp! Na Pediatria, a jovem Doutora Silvia Brandalise apenas engatinhava nas primeiras pesquisas que conduzia sobre leucemia infantil. A partir dessas atividades pioneiras, Silvia alcançaria, progressiva e ininterruptamente, resultados extraordinariamente bem-sucedidos, projetando-se, com justo merecimento, como um dos maiores nomes da Pediatria brasileira e internacional. Durante dois anos de minha residência médica, antes de seguir para o exterior, trabalhei diretamente com Silvia Brandalise na Santa Casa de Campinas, e, depois de superar alguns problemas pessoais, nos tornamos grandes amigas. O cada vez mais elegante Professor Pinotti também já estava implantando o seu bem-sucedido programa de controle de câncer de útero e de mama com o qual conseguiu reverter uma situação difícil, de alta prevalência, na periferia de Campinas.

Com o salário de um ano que pude poupar integralmente, graças à bolsa da OPAS e à ausência de inflação durante o *milagre econômico*, assim que cheguei ao Brasil, comprei meus primeiros bens de classe média. Jamais voltei a ver as classes média e alta serem tão favorecidas com créditos e planos de casa própria como naquele período cujo maior feito, porém, foi agravar enormemente o problema da péssima distribuição de renda no Brasil. Mas não vamos mais falar sobre isso!

Assim que retornei ao Brasil, Arouca me levou para conhecer o novo posto de saúde da Prefeitura Municipal de Paulínia, uma localidade de economia basicamente rural, situada nas cercanias de Campinas. Ele mesmo foi dirigindo seu carro até a pequena cidadezinha, distante cerca de 30 quilômetros. O plano dele era me convencer a trabalhar no projeto inovador que tinha em mente: um *Programa de Saúde da Comunidade*. Meu amigo continuava criativo como sempre, incansável em sua preocupação de transformar a educação médica! Na estrada, caminhões passavam velozes, sacolejando, apinhados de pessoas mal acomodadas na carroçaria, exibindo os trajes encardidos de terra roxa. Eram chamados de *"bóias-frias"*. Hoje seriam trabalhadores rurais. Ou seriam os sem-terra? A pequena cidade de Paulínia era rodeada de plantações diversas, mas predominava o algodão. Agora esses cultivos já não são mais vistos. Deram lugar a quilômetros e mais quilômetros de monocultura de cana-de-açúcar. Apesar de a Refinaria do Planalto (Replan), a maior refinaria de petróleo do País, ainda estar, à época, em construção, já provocava um grande afluxo de pessoas para a região. Hoje, mais de trinta anos depois, a Replan está cercada pelo mar de cana verde que se espraia por todos os lados no Estado de São Paulo e que vai, quase toda, para a produção do etanol.

Foi assim que, atendendo a um convite insistente de Sergio Arouca, depois de passar quase quatro anos trabalhando direto em hospital, mergulhei de cabeça na puericultura, na "atenção primária" – expressão que ainda não havia sido introduzida – me envolvendo de corpo e alma com aquela experiência pioneira, que apenas começara a ser levada adiante no pequeno município. Acabei, portanto, topando a parada! Paulínia, em 1974, quando comecei meu trabalho por lá, possuía cerca de dezesseis mil habitantes, se tanto. No entanto, fiquei apenas por cerca de dois anos nesse trabalho que terminou sendo uma experiência rica e pioneira, tanto que serviu de tema para minha tese de doutoramento em Medicina. Tê-la feito, foi uma conquista que atribuo, em grande parte, à insistência e à generosidade de Arouca e Anamaria. Não me julgava capaz, pois não tinha tido formação para escrever trabalhos acadêmicos de abordagem tão ampla, fora do meu conhecimento especializado. Até então apenas tinha feito parte das equipes de alguns poucos *papers* biomédicos, de Medicina experimental. Mas, estimulada e orientada pelo casal, levei o trabalho adiante até o ponto final! Mal acreditava quando apresentava e defendia a tese, apenas dois anos depois, em 1976, perante a banca de professores doutores, entre os quais estavam Silvia Brandalise e Pinotti.

De fato, Arouca e Anamaria precisaram me encorajar muito para que eu elaborasse uma tese daquela natureza em um prazo tão curto de tempo. Na mesma época, os dois também defenderam as respectivas teses. Outro professor e amigo bastante próximo que também defendeu doutorado junto conosco foi o Joaquim Alberto Cardoso de Mello. Quincas sempre foi um amigo muito querido! Era graduado em Odontologia, mas já não exercia essa profissão quando veio para Campinas. De uma família tradicional, da classe média alta paulistana, desde que chegou à Faculdade de Medicina, dedicou-se sempre ao tema da Educação em Saúde. Depois que faleceu, e em reconhecimento ao relevante trabalho que posteriormente veio a exercer nessa área, como professor da Fundação Oswaldo Cruz, no Rio, seu nome foi dado ao prédio onde hoje funciona a Escola Politécnica de Saúde Joaquim Venâncio. Este outro Joaquim, o Venâncio, que hoje empresta seu nome para essa premiada escola voltada para formação de profissionais de nível médio, foi uma pessoa de origem humilde e sem estudos e que, não obstante, tornou-se um colaborador direto de Oswaldo Cruz, na condição de dedicado auxiliar de laboratório.

O Politécnico de Saúde, como dizíamos então, fundado em

1985, foi uma das novas unidades técnicas criadas por Sergio Arouca quando era o presidente da Fiocruz. E "acertou na mosca", ainda que a inserção de uma escola de nível médio numa instituição de pesquisa e ensino pós-graduado, a princípio, não tenha sido interpretada por todos como uma boa idéia. Com efeito, em pouco mais de vinte anos, a Fiocruz passou a ser reconhecida também como a instituição possuidora da mais bem conceituada escola de nível básico e técnico em Saúde, dedicada a preparar prioritariamente trabalhadores de nível médio do SUS.

Esse costume de dar nome de pessoas a instituições públicas sempre me leva a suspeitar de algum interesse de grupo prevalecendo no momento da escolha. O melhor exemplo é o próprio nome *Fundação Oswaldo Cruz* que foi colado à imagem da centenária instituição em 1972, durante a ditadura militar, quando a nova pessoa jurídica foi instituída. E desrespeitando o fato de que já havia no local, entre as unidades que passaram a compor a nova estrutura então criada, um *Instituto Oswaldo Cruz*, nome esse que, por sua vez, fora atribuído, no longínquo passado, provavelmente por um grupo de cientistas, em algum momento da sua história, ao antigo Instituto Soroterápico de Manguinhos. O fato é que Arouca também acabou sendo homenageado assim, pois passaram a designar oficialmente *Escola Nacional de Saúde Pública Sergio Arouca*. Mas sobre Fundação Oswaldo Cruz e Rio de Janeiro falarei mais adiante.

Retornando a Paulínia, devo dizer que tenho muitas recordações de outros profissionais e amigos, além de Joaquim e Caniço. Todos eles eram pessoas que também foram atraídas por Arouca para aquele trabalho comunitário: o neurologista Alberto Pellegrini Filho, a psicóloga Cristina Possas, a auxiliar de enfermagem Lais Florentino,

A SAÍDA DA UNICAMP

a antropóloga Célia Leitão Ramos, o médico especializado em nutrição Francisco Viacava, a pediatra Célia Maria de Almeida, os residentes David Capistrano Filho e José Rubens Ferreira de Alcântara Bonfim, além de muitos outros internos e residentes que por lá passavam. A maior parte dessas pessoas, à época, ou eram residentes ou faziam mestrado na própria Unicamp e depois se tornaram profissionais renomados na área. À exceção de David e José Rubens, todos os outros nomes que mencionei também saíram da Unicamp e foram para a Fiocruz, acompanhando Arouca, na mesma época ou algum tempo depois, como foi o meu caso.

Tenho pouca coisa a dizer sobre Arouca nesse período de Paulínia, que terminou sendo uma experiência tormentosa para ele. Havia sido um dos principais, senão o principal, mentores do *Programa de Saúde da Comunidade* e, no entanto, ia poucas vezes até Paulínia. Pela sua condição de comunista vinha sendo intimidado pela reitoria e tinha sérios e constantes desentendimentos com o chefe do Departamento de Medicina Preventiva e Social, o Doutor Tobar, pelas divergências em torno das correntes, *Medicina Preventiva* ou *Medicina Social*. Não bastassem essas divergências, Tobar, que não era comunista, estava sendo acusado de incentivar e facilitar atividades subversivas na universidade.

Arouca tinha tido uma boa formação como médico, mas atuava no Departamento de Medicina Preventiva como professor e pesquisador sem precisar exercer a prática clínica, até que foi obrigado, assim como Anamaria, a voltar a vestir avental branco, usar estetoscópio no pescoço e atender pacientes em Paulínia. Era uma forma de pressioná-los para que se dobrassem à "verdade" da corrente preventivista. Guardei comigo a impressão de que o Doutor Tobar passara a desenvolver alguma competição pessoal com Arouca. Talvez seja uma impressão falsa, dado que jamais ouvi, de nenhum deles, sequer uma palavra a respeito!

Foram cerca de três anos em Paulínia. Mas as perseguições políticas aumentaram cada vez mais, tanto que logo depois da defesa de tese Arouca se mudou para o Rio de Janeiro. Foi coagido a se demitir. A saída só aconteceu depois de um arrastado processo de intimidação: para que a tese, já finalizada, saísse da gaveta do Magnífico Reitor Zeferino Vaz e pudesse ser apresentada em defesa pública, Arouca foi obrigado a negociar a própria demissão! O comunista de carteirinha Sergio Arouca acabou sendo uma pedra no sapato do Reitor, da qual queria livrar-se definitivamente! E conseguiu. Mas não foi nada fácil para Arouca aceitar o ponto final involuntário que encerrou, com banho de cinismo, aquele período de dez anos de instigante revisão crítica da *Medicina Preventiva* em direção à *Medicina Social*. Felizmente, sabia muito bem o que pretendia obter na carreira universitária. Dos males o menor! Naqueles tempos difíceis, Arouca, melhor do que ninguém, tinha consciência de que, em se tratando de militantes comunistas, os desfechos podiam ser muito piores. É provável que Zeferino tenha tido um peso grande quanto a evitar que o pior acontecesse, tanto que jamais vi Arouca referir-se a ele como um vilão. Pelo contrário, assim como eu mesma, reconhecia a importância de Zeferino Vaz como empreendedor para a modernização da educação universitária brasileira.

O Doutor Tobar, como já disse, teve que pedir o afastamento da chefia do departamento e usou a então denominada "licença prêmio" para permanecer afastado da faculdade por algum tempo. Soube que depois ele retornou à Faculdade de Medicina e pôde levar

A SAÍDA DA UNICAMP

adiante sua carreira docente, espero eu que com a devida e merecida tranqüilidade. Mas para todos nós, chegara o momento de dizer adeus à Unicamp! E de nos mudarmos de vez para o Rio de Janeiro, deixando Campinas para trás! Três ou quatro anos depois, morria Zeferino Vaz, devido às complicações de uma cirurgia de aneurisma da aorta. É o óbvio que se repete: a vida e depois a morte. Para todos. Zeferino foi reitor da Unicamp de 1966 a 1978, tendo também conduzido com firmeza a construção do *campus* da universidade que, depois que faleceu, passou a levar seu nome. Oito anos depois de se mudar para o Rio de Janeiro, Sergio Arouca era indicado pelo primeiro Presidente do Brasil depois da ditadura militar, José Sarney, para ocupar o cargo de presidente da Fundação Oswaldo Cruz, uma posição equivalente à de reitor, digamos assim.

CAPÍTULO 8

NO RIO DE JANEIRO

Mudei-me para o Rio, em maio de 1977. Antes, jamais cogitara morar naquela cidade tão distante e que, até então, como turista, visitara apenas duas vezes. Minha expectativa era de ficar por lá somente dois anos e depois retornar para a Faculdade de Medicina. Nem um dia a mais! A princípio, em várias oportunidades, quando já estava morando no Rio, sempre me perguntava, nostálgica: *"Quando voltarei a morar na querida e inigualável Paulicéia, onde nasci e vivi até os dezenove anos de idade?"*. Foi somente quase quarenta anos depois de ter me mudado para Campinas, trinta deles morando no Rio que, em setembro de 2003, voltei a morar em São Paulo. No entanto, não deixei o Rio. Dividida afetivamente, optei por morar nas duas cidades!

Voltemos a 1977. Mais uma vez, um insistente Arouca precisou perder tempo e gastar muita saliva para me convencer a fazer concurso público na Fiocruz. Ainda por cima, para área de Planejamento em Saúde, assunto sobre o qual eu não tinha o menor conhecimento! Mas, lá vinha Arouca com sua lábia, tentando me convencer que bastava a minha experiência com a reestruturação da Puericultura em Paulínia, que ninguém tinha prática igual à minha, que me forneceria toda a bibliografia para o concurso, e dá-lhe *blá, blá, blá...* . Ele cismou com a idéia de me levar para a Fiocruz! Tanto que viajou do Rio para Campinas exclusivamente para falar comigo sobre o assunto!

De qualquer modo, o trabalho em Paulínia já não me interessava mais. Não que eu tivesse sofrido aquela perseguição toda – como já disse, nunca fui comunista e era residente da Pediatria – mas em função dos problemas políticos e das mudanças que vinham sendo introduzidas, eu vivia insatisfeita e já estava me preparando para sair de Campinas. Estava em vias de voltar para São Paulo e ingressar na Faculdade de Saúde Publica da USP, mas por insistência de Arouca, sempre sedutor e influente, acabei postergando a tão ansiada volta para São Paulo!

De uma guinada, peguei um avião no Aeroporto de Viracopos e voei direto para o Rio de Janeiro, onde fui prestar o concurso para a Escola Nacional de Saúde Pública, a Ensp, sobre a qual Arouca falara tanto e tão animado. Eu mal conhecia aquela tão falada escola! Vagamente, me lembrava que, em 1974, tinha estado por lá, para um seminário no tema da atenção materno-infantil. Como dizia, julgava possuir parcos conhecimentos na área em questão. Mas segui as orientações de Arouca sobre como agir para superar a enorme insegurança que o concurso me causava: *"Na hora H, você fala da Puericultura de Paulínia!"* Arouca estava certo, pois passei com louvor e distinção no tal concurso! Que, aliás, foi disputadíssimo.

Aprovada e com direito a elogios da ilibada banca de ilustres professores titulares, da qual fazia parte o Professor João Yunes (1937-2002), da Faculdade de Saúde Pública da USP, e, alguns anos depois, secretário de saúde do Estado de São Paulo. Saí dessa experiência convencida de que coisas assim só acontecem mesmo com quem não teme ousar, como Arouca sempre dizia!

De fato, algum tempo depois, já como presidente da Fundação Oswaldo Cruz, ele me colocaria mais um enorme desafio pela frente nessa mesma área, que continuei detestando, ao me designar superintendente de planejamento da instituição. Mas daquela feita, a situação seria bem diferente, tanto que até tomei gosto pelo planejamento estratégico das atividades científicas e tecnológicas no campo da saúde! Bem, o fato é que só depois do concurso mudei de vez para o Rio de Janeiro. Morei cerca de um ano em um pequeno apartamento alugado, em um sossegado cantinho do Leblon. Deixou de sê-lo na noite em que, no edifício bem em frente ao meu, uma bela jovem, Cláudia Lessin Rodrigues, irmã da atriz que interpretara a Garota de Ipanema no cinema, foi assassinada!

Arouca esteve algumas vezes por lá. Morava sozinho, em um apartamento na praça em frente ao Jóquei Clube, na Gávea. Andava apaixonado por uma das minhas jovens, belas e cariocas auxiliares de pesquisa. Armávamos encontros no meu apartamento, supostamente casuais – sem que ela soubesse, é claro –, para que ele pudesse se declarar! Mas essa história não deu em nada, pois a moça já andava perdida de paixão pelo jovem que veio a ser seu futuro marido e pai de sua filha.

Apesar de residir em um bairro verdadeiramente encantador, eu estranhava muito as pessoas da vizinhança, o trabalho, a cidade, tudo. A verdade é que, de princípio, detestei o Rio de Janeiro! E detestava a ponto de custar a descobrir que estava morando tão perto de certa lagoa! Em uma tarde de outono, caminhava solitária e triste, sentindo uma falta enorme dos tempos na Unicamp. Inesperadamente, a Lagoa Rodrigo de Freitas surgiu diante dos meus olhos, descortinando um panorama deslumbrante. Tomei um susto quando me deparei frente a frente, pela primeira vez, com aquela paisagem toda! A água azul e revolta da lagoa estava salpicada de velas brancas a disputar uma regata, compondo um cenário absurdo de lindo!

Depois de apenas um ano e meio morando no Leblon, seguiu-se um longo período de nove anos em que morei no alto de um morro, com vista deslumbrante do Pão de Açúcar! Coisas do Rio! Voltei a morar no Leblon por mais cinco anos e, de 1993 em diante, passei a morar em Ipanema, precisamente na rua onde a garota costumava passar, cheia de graça, a caminho do mar! E, mais uma vez, bem perto da Lagoa, que rodeava quase todas as manhãs, ano após ano! Algumas vezes encontrei-me com Arouca, que apreciava dar suas voltas em torno dela. Numa dessas vezes deu-se aquela que considero ter sido nossa derradeira conversa, pois ele veio a falecer menos de um ano depois. Mais adiante contarei qual foi o assunto daquele nosso longo e difícil, mas ainda assim, nada ríspido bate-papo.

Nas décadas de 1960 e 1970 a população brasileira se acostumara a conviver com a violência de ordem política, então exercida por todo o País. Mas a Cidade Maravilhosa – não consigo escapar desse lugar comum! – sequer imaginava que a criminalidade urbana fosse alcançar o patamar de horror e de massificação que atingiu no presente. Quem descreveu muito bem o Rio foi Elizabeth Bishop, considerada a maior poetisa americana. Por ter morado muitos anos em Petrópolis, escreveu que *"o Rio é uma cidade feia em uma paisagem maravilhosa"*. Isso na década de 1950, tempos de um Rio afável, de favelas romantizadas pelo cinema brasileiro e pelo samba, e modernizado por grandes obras urbanísticas, como o Aterro do Flamengo! Aceitando tal comentário como apropriado para a época, o que não diria agora a poetisa, considerando que o lado urbano do Rio, de lá para cá, deteriorou-se tão acentuadamente? Em trinta anos, vivenciei a perversa transformação progressiva do Rio de Janeiro em uma cidade cada vez mais caótica! No entanto, muitas coisas boas aconteceram ao longo desses anos todos. A Lagoa, por exemplo, teve suas margens reflorestadas, recuperando os verdes manguezais originais que contribuem para aumentar, a cada dia, sua fauna: milhares de gaivotas, biguás, bem-te-vis e muitas outras espécies de aves voltaram a povoá-la. Além dos pássaros, um tucano, uma capivara e uma jibóia: eis o saldo pessoal de animais que encontrei em minhas caminhadas matinais por suas margens! Arouca, com toda certeza, também topou com esses animais passeando por lá!

Em 1977 não podia imaginar que com o passar dos anos me tornaria uma legítima "carioca de coração"! De fato, não fosse pelo sotaque de paulistana classe média, que mantenho mesmo depois de tantos anos morando naquela cidade, até acredito que poderia passar por carioca! Arouca, por sua vez, apesar da alma de carioca, manteve por toda vida o sotaque do interior paulista dos lados de Ribeirão Preto, mas que não era exageradamente carregado e até lhe dava certo charme! E amou o Rio de verdade, merecendo o título de Cidadão do Rio de Janeiro que lhe concederam os políticos de lá.

NO RIO DE JANEIRO

Naquele ano, a década de 1970 ainda se despedia arrastada. O longo período de intervenção arbitrária nas instituições brasileiras, iniciado logo após o golpe militar de 31 de março de 1964, parecia que nunca iria terminar. As oportunidades de ver bons espetáculos no campo cultural eram raríssimas. Somente em 1978, depois de anos proibido, estreava nos cinemas do Rio o polêmico filme *Laranja mecânica*, de Stanley Kubrick! Arouca beirava 35 anos de idade quando se mudou de vez para o Rio de Janeiro em 1976, um ano antes de mim. Apenas dez anos tinham passado desde que ele ingressara na carreira universitária, como professor auxiliar de Medicina Preventiva, em 1967. Menos de dez anos depois, portanto, se viu forçado a seguir de mudança para o Rio, acompanhado de Anamaria e do filho Pedro, ainda pouco mais do que um nenê. O casal, cuja relação já não ia bem, se instalou próximo ao Jardim Botânico. Depois de algum tempo, foram morar na Rua Nascimento e Silva, a bela rua de árvores centenárias unidas pelo topo, situada bem no miolo da faixa estreita que segue paralela entre a linha do mar e a Lagoa Rodrigo de Feitas: Ipanema. Moravam no segundo andar de um edifício de apenas três, com tijolinhos aparentes e que ainda está lá, resistindo inabalável ao passar dos anos em meio aos prédios envidraçados que, depois, aos poucos foram sendo construídos nos terrenos outrora ocupados por belas e elegantes casas de pedra, em forma de chalé.

Em Ipanema me recordo que Arouca estava sempre cantarolando a canção *O que será que será* de Chico Buarque de Holanda! Nunca me pareceu preocupado em saber se estava cantando bem ou mal. Cantarolava sempre música popular brasileira. Tinha voz suave, era afinado. Eu, pelo menos, que o ouvira tantas vezes em Campinas e em Montevidéu, nunca achei que cantasse mal! Vivia às turras com Anamaria, que também gostava de música, mas nunca foi dada a cantorias, embora adorasse dançar. Logo fizeram novas amizades por lá. Uma delas era a advogada, e também moradora de Ipanema, de nome Flora. Certas noites desse período breve foram inesquecíveis. Em uma delas, houve uma festa no apartamento da advogada. A compositora Suely Costa, sentada ao piano, tocava e cantava com sua pequena voz, mas com uma emoção intensa, suas próprias canções que falam de paixão. Anamaria flertava ostensivamente com o promissor compositor Sidney Miller que poderia ser lembrado como um dos maiores compositores brasileiros se, infelizmente, sua carreira não tivesse sido bruscamente interrompida aos 35 anos, quando se suicidou.

Arouca curtia na época verdadeira paixão platônica pela estonteante jovem atriz Sonia Braga, exatamente como outros milhares de fãs por todo o País. Não tinha perdido sequer um capítulo da novela de TV *Gabriela, cravo e canela* e aquela música do Chico Buarque que sempre cantarolava fazia parte da trilha sonora do filme, de 1976, *Dona Flor e seus dois maridos: "O que será que será que me bate no peito..."* Essa canção, inegavelmente, combinava muito com o clima triste que prevalecia no País. Arouca, desse modo, extravasava seu estado de espírito melancólico e suas paixões através da cantoria. Não bastasse a situação política nacional, também tinha de amargar as circunstâncias de sua saída da universidade e o casamento com Anamaria estava no fim. De fato, logo depois ocorreu a separação! Para nós, os amigos que formávamos o pequeno grupo de pessoas da Faculdade de Ciências Médicas da Unicamp que se mudara praticamente junto com eles para o Rio, também foi difícil assimilar aquela separação. Não era fácil administrar a nova condição do ex-casal, tendo todo cuidado para não ferir, ainda mais, as respectivas sensibilidades, e, sobretudo, para não dar impressão de preferência por nenhum dos dois.

Como sucedia com todos nós (adultos jovens, na faixa dos trinta), Arouca curtia imensamente as músicas com letras censuradas e ainda seguia curtindo as canções de vários intérpretes latino-americanos então em voga. Mas a principal, de longe, continuava sendo a nossa velha conhecida Mercedes Sosa. Depois, nossas preferências musicais mudaram e paramos de ouvir as canções de compositores latinos, como o argentino Atahualpa Yupanqui e a chilena Violeta Parra. Se nem mesmo sei para onde foi a música popular brasileira!

CAPÍTULO 9

O ALHAMBRA DE MANGUINHOS

Quando Arouca chegou ao Rio já era conhecido, não tanto pela militância comunista, mas pelas "idéias acadêmicas vermelhas" a respeito de temas "subversivos" como Medicina Social, educação médica, situação da saúde pública e organização da assistência médica. Para poder prosseguir carreira no meio acadêmico, precisou trocar, forçosamente, as ruas tranqüilas do bairro campineiro repleto de verde – o Jardim Chapadão – pela vizinhança com a poluída e ruidosa Avenida Brasil. Foi parar logo em um dos mais feios e populosos bairros do Rio de Janeiro, cortado ao meio pela sempre congestionada e fétida via.

Foi, portanto, devido a um fato de certo modo incidental, mas previsível, acontecido em sua trajetória de vida, que, em 1976, o Doutor Sergio Arouca arribou bem onde, nos primórdios do século 20, o Doutor Oswaldo Cruz entendeu de erguer um majestoso e estranho palácio mourisco em pleno mangue, cercado de manguezais e floresta tropical. Manguinhos pode nada ter do encanto das praias de mar aberto, nem do belo casario dos tempos do império, mas é desde onde outrora se via a floresta tropical exuberante, repleta de borboletas azuis, beirando a Baía da Guanabara, a dominar a paisagem bucólica. É até difícil de acreditar, não fosse pelas belas imagens registradas nas gravuras dos viajantes estrangeiros naturalistas que podem ser apreciadas na magnífica coleção de obras raras da Biblioteca da Fundação Oswaldo Cruz.

Nesse bairro, não se sabe bem porquê, quase cem anos antes, um pequeno grupo de sanitaristas-cientistas, fincou a pedra inaugural de um improvável castelo, construído em estilo mourisco. Sobre uma pequena colina bem próxima ao mangue, um dia, o cientista e médico pioneiro da saúde pública brasileira, o Doutor Oswaldo Cruz, resolveu erguer um monumento à Ciência em meio à densa Mata Atlântica! Esquisitices de Gênio! A esse respeito também é dito que Cruz desejava implantar uma fortaleza para proteger a embrionária Ciência brasileira de eventuais ataques de fúria da população, como o episódio que ficou conhecido como *A Revolta da Vacina*: em novembro de 1904 explodia a revolta popular contra as medidas sanitárias, consideradas autoritárias, de Oswaldo Cruz, então à frente do Departamento Geral da Saúde Pública. Por mais de uma semana as ruas do Rio de Janeiro viveram uma verdadeira guerra civil e até altos escalões do Exército aliaram-se aos revoltosos contra o governo de Rodrigues Alves. Com o sucesso das medidas sanitárias que implantou, porém, Cruz passaria a ser reverenciado como o exterminador das moléstias tropicais. Seja como for, essas histórias sobre Oswaldo Cruz e o seu castelo servem para alimentar a suspeita antiga de que a mania de grandeza do brasileiro vem de longe!

Com efeito, o Castelo Mourisco de Manguinhos foi inspirado no Palácio de Alhambra. Trata-se este de um palácio fortaleza, uma construção complexa erguida durante o século 14, sobre uma colina da qual se avista Granada, cidade de Andaluzia, região do Sul da Espanha. Abrigava os monarcas mouros e suas cortes. É um palácio elegante, belíssimo, com paredes brancas e rendadas, peculiares da arte e da arquitetura mouriscas.

Quando o castelo brasileiro idealizado por Oswaldo Cruz ficou pronto, uma distância de seis séculos e um oceano separava os dois inacreditáveis palácios majestosos! E já faz mais de um século que o *Alhambra de Manguinhos* repousa belo e imutável em sua colina. Mas suas grossas paredes, erguidas entre 1905-1918, não foram suficientes para impedir o massacre ideológico interno imposto pela ditadura militar. Aqueles tempos dramáticos ficaram conhecidos como *"Massacre de Manguinhos"*.

A partir da década de 1980 novas vias expressas, as hoje mal afamadas Linhas Vermelha e Amarela, recortaram a região que cerca o palácio e que, aos poucos, foi engolida pela deterioração. O castelo, cada vez mais, tornou-se refém de bandidos armados, escondidos em um labirinto de favelas gigantescas e violentas, formado por Complexo do Alemão, Maré, Jacarezinho e várias outras. A imensa área se tornou conhecida pelas batalhas sucessivas e sangrentas entre policiais e bandidos do narcotráfico, pelas balas perdidas e pela morte brutal de pessoas inocentes e anônimas, assassinadas a cada dia em seu meio. De modo que o *Alhambra de Manguinhos*, ao completar cem anos de idade, viu-se encurralado!

Quando Arouca por lá chegou, em 1976, os últimos vinte anos

haviam relegado a histórica instituição de pesquisa em saúde pública e doenças tropicais, praticamente, ao ostracismo. O quase centenário Castelo, que abrigava a presidência, apresentava claros sinais do abandono a que estivera relegado e exibia as seqüelas do violento processo obscurantista de que fora alvo. A instituição histórica sobreviveu como pôde e, em 1977, já começava a experimentar uma lenta recuperação, que, entretanto, só veio a deslanchar plenamente a partir dos meados da década de 1980, com a redemocratização do País.

Desde os anos quando Arouca foi presidente da Fiocruz, o centenário palácio passa por um lento e cuidadoso processo de restauração, dado que já exibia sinais de intensa deterioração. E muito o incomodou constatar a degradação sofrida pelo resquício da exuberante mata tropical original, tanto que determinou o início de um trabalho de catalogação de sua biodiversidade, visando conservá-la.

Foi somente no início dos anos 70 que a instituição passou a ser chamada oficialmente de Fundação Oswaldo Cruz, adotando-se também nesse período a sigla Fiocruz, como é mais comumente referida.

Castelo mourisco de Manguinhos, sede da Fundação Oswaldo Cruz (Fiocruz).

CCS/Presidência Fiocruz

CAPÍTULO 10

OS ANOS NA ESCOLA NACIONAL DE SAÚDE PÚBLICA

Arouca ingressou de cabeça erguida na velha e fustigada instituição. Mas não ingressou subindo as escadarias e rampas do palácio mourisco, e sim adentrando pelo portão que se abre para a feia Avenida Leopoldo Bulhões, onde se localiza o edifício de estilo duvidoso, de nove andares, que abriga a Escola Nacional de Saúde Pública, a Ensp. Trata-se de uma das mais antigas unidades técnicas da Fiocruz onde são ministrados cursos em nível de pós-graduação. Na década de 1990 os andares mais altos do prédio ocupado pela escola, por várias vezes, foram atingidos pelas balas perdidas durante os conflitos nas favelas vizinhas, o que levou a direção a adotar o recurso extremo de blindar todas as janelas. Isso durou algum tempo, até que se resolvesse reabri-las, apesar de os tiroteios continuarem. Tempos depois, voltaram a pedir a blindagem! Até quando perdurará tal insano vaivém, ninguém pode dizer!

Naqueles anos do final da década de 1970, porém, o convívio diário com a vizinhança ainda não se tornara tão adverso, embora já houvesse alguns sinais da violência se avolumando e alastrando pelo Rio. E Arouca não desperdiçou a oportunidade de esbanjar competência em um burlesco concurso público em que disputou e conquistou, com todo mérito, a cadeira de professor titular do Departamento de Administração e Planejamento em Saúde (Daps).

Em tempos normais, um concurso de recrutamento de novos profissionais em instituições de ensino e pesquisa remete apenas a certos procedimentos internos, de certa forma, rotineiros. Esses concursos, além de serem momentos de exaltação das virtudes peculiares das atividades do intelecto, são ritos de passagem para o ambiente de privilégios e obrigações da carreira acadêmica. No entanto, aquele específico concurso ganhou aspectos inusitados, verdadeiramente caricatos! Durante cinco dias de provas enfrentaram-se, frente a frente, um professor carismático e um representante uniformizado da arrogância ditatorial. Naquela época, abusava-se do verde-oliva. Devido às circunstâncias, Arouca tratou de associar o mais que pode os conhecimentos sobre Medicina Social e Política de Saúde, que trouxera na bagagem, aos dotes verbais que sempre soube dosar com extrema habilidade. Costumava dizer que precisou atravessar um "corredor polonês" de militares até chegar à sala de aula onde as provas seriam realizadas! Com desempenho impecável, impôs uma derrota fragorosa ao rival que bateu em retirada, seguido pela sua claque improvisada de espectadores fardados.

Aquele concurso passaria a ser lembrado como uma piada antiga! O próprio Arouca costumava divertir-se muito toda vez que se lembrava da experiência. No entanto, foi o marco do resgate

– senão da introdução – de uma prática saudável de celebração do mérito intelectual não apenas na Ensp, mas em toda a Fiocruz. Penso que deveria ser registrado de modo mais respeitoso, nas páginas da memória oficial daquela instituição!

É claro que Arouca comemorou muito com os amigos o resultado final daquele concurso. Afinal, foi assim que legitimou, de modo inquestionável, sua presença na nova instituição! Não se pode dizer, entretanto, que estivesse radiante de contente, embora tampouco demonstrasse muita tristeza. O afastamento da Unicamp ainda era um fato muito recente. Ainda não digerira a refeição indigesta que teve de engolir após defender a tese de doutoramento: a cassação branca de sua carreira por lá! O fato é que, com aquele episódio da defesa de tese, os anos felizes de juventude, de grande criatividade intelectual, ficaram para trás, forçado que foi a trocar a promissora universidade recém-criada pela quase centenária e, então, decadente instituição.

Na Ensp repetiu de imediato o sucesso de sempre com suas aulas de planejamento em saúde. Conseguia tornar cativante um tema que, a meu ver, nada tinha de atraente! Arouca continuaria vinculado àquela escola até o fim da vida. Com suas aulas, causava impacto definitivo nos alunos e alunas, a maioria deles profissionais de serviços públicos de saúde, procedentes dos vários estados e municípios brasileiros. Voltava infinitas vezes ao tema da tese de doutoramento e se apoiava muito nos exemplos extraídos das próprias experiências, como a que vivera, no começo da década de 1980, na Nicarágua, na companhia da sua ex-aluna do curso de especialização em saúde pública, e já então sua segunda esposa, a médica sanitarista Sarah Escorel.

Somente quando assumiu a presidência da Fiocruz é que Arouca veio a ter sua primeira experiência administrativa ao nível nacional no seu País natal! Antes, porém, já tinha trabalhado nesse plano, na Nicarágua sandinista. Um país bem menor, sem dúvida, mas que atravessava uma situação difícil e de grande complexidade. Para ele foi um desafio político que se transformou também numa enriquecedora experiência em termos profissionais e pessoais, pois o segundo casamento se consolidou e teve a primeira filha mulher, Lara. Depois, ele e Sarah tiveram mais duas filhas, Nina e Luna.

Antes, porém, logo após deixar a universidade, aguardou por algum tempo, até que se realizasse, nos primeiros meses de 1977, o concurso para professor titular. Nessa fase foi contratado e assumiu a coordenação de dois programas de pesquisa da Ensp, patrocinados pela Financiadora de Estudos e Projetos, a Finep: o *Programa de Estudos Sócio-Econômicos em Saúde (Peses)* e o *Programa de Estudos e Pesquisas Populacionais e Epidemiológicas (Peppe)*. O objetivo central desses dois grandes programas era apoiar o desenvolvimento institucional da pesquisa em Medicina Social, área ainda às voltas com os delírios persecutórios da ditadura militar. Nessa época, ainda não se falava "Saúde Coletiva", expressão que passou a ser empregada para marcar a diferença com a envelhecida "Saúde Pública". O *Peses* e o *Peppe* permitiram a absorção de um elenco de profissionais competentes das ciências sociais, de atuação no campo da esquerda – até então, havia só uma esquerda! Foram contratados, entre outros, o cientista político Luiz Werneck Vianna, do Instituto Universitário de Pesquisas do Rio de Janeiro (IUPERJ), e as sociólogas Isabel Picaluga (já falecida) e Ana Clara Torres Ribeiro, pesquisadora do Instituto de Pesquisa e Planejamento Urbano e Regional (IPPUR), da Universidade Federal do Rio de Janeiro. Permitiram também a absorção de outros profissionais mais jovens que depois se tornaram qualificados professores permanentes da Ensp, como entre outros, Sonia Fleury. Visando a necessária renovação institucional, foi importante contratar um *staff* administrativo próprio, formado por um grupo numeroso de profissionais. Em meio a esse processo foi contratada Dona Elsa Pastor, a eterna secretária atrapalhada de Sergio Arouca! Por essa época, algumas vezes ele lhe pedia que lesse as cartas do Tarô. Queria inteirar-se do andar das previsões a seu respeito! Até o dia em que se apavorou ao vê-la afirmar segura, perante as cartas abertas sobre a mesa: "– Dr. Arouca! O senhor está tendo uma relação extraconjugal!" Elsa tornou-se uma figura emblemática da Fiocruz.

Também por essa época, em 1979, Arouca assumiu a coordenação do ainda embrionário programa de mestrado da Ensp. Por decisões de natureza política, acumulava a nova função com a coordenação do *Peses/Peppe*. Andava sempre triste, parecendo cansado. Atravessava uma fase difícil, amarga mesmo. Além da separação da primeira esposa, arcava com o *"estrelismo"* de alguns pesquisadores contratados dos dois programas. E para tanta tristeza contribuíam também, e muito, como sempre, o afastamento recente da Unicamp e o tedioso e arrastado apagar das luzes da ditadura militar. Pela primeira vez, demonstrava dificuldade para lidar com os problemas do mestrado. Os alunos começaram a demonstrar irritação com sua condução. Pelos corredores, a meia voz, o chamavam de inoperante e displicente. Antes de essa situação se agravar, juntos, resolvemos que eu deveria assumir a coordenação do Mestrado em Saúde Pública da Ensp.

Permaneci nesse cargo de meados de 1979 a 1983. Somente me afastei da coordenação algum tempo devido à morte súbita e inesperada de minha mãe, nos primeiros dias de 1980. No mais, foram quatro anos de trabalho intenso e de exclusiva dedicação. Eram escassos os programas de doutorado na área da saúde no Brasil e ainda assim apenas para médicos. Em 1980, como coordenadora, tomei a iniciativa de levar à direção da Ensp e da Fiocruz a proposta de criação de um programa de Doutorado em Saúde Pública, aberto a profissionais das diversas áreas de formação que atuam no campo. Arouca apoiou a idéia, é claro, mas àquela altura, andava distante da pós-graduação. Já não era um cara triste: estava apaixonado pela bela Sarah Escorel e se preparava animado para a viagem à Nicarágua, mas continuava à frente do *Peses/Peppe*.

Na Fiocruz, o Instituto Oswaldo Cruz, a mais tradicional de suas unidades técnicas, ainda lançava certo olhar de superioridade e desdém sobre as atividades da Ensp, por estas serem voltadas, sobretudo, a assuntos que a área de pesquisa biomédica não considerava científicos, mas políticos. Apesar dessa visão equivocada e paradoxal, tendo em conta seu passado de inserção da ciência na saúde pública, as negociações seguiram adiante. De certo modo o grande pesquisador Carlos Chagas Filho, da Universidade Federal do Rio de Janeiro, e então um poderoso conselheiro da Fiocruz, endossava a visão dos pesquisadores. Rapidamente, porém, o programa de Doutorado em Saúde Pública foi aprovado. O Presidente da Fiocruz, Guilardo Martins Alves – um major médico e ex-reitor da Universidade Federal da Paraíba –, bem como os Doutores Chagas e Ernani Braga, este então Diretor da Ensp, aprovaram a proposta.

Doutor Ernani também acumulava o cargo de vice-presidente de ensino da Fiocruz. Era considerado um dos mais célebres médicos sanitaristas da geração que atuou na primeira metade do século passado, nas campanhas de vacinação organizadas sob a égide da extinta Fundação SESP. Foi um dos últimos "*sespianos*", como eram designados aqueles dedicados funcionários que tinham grande *expertise* técnica e administrativa. Além disso, foi o representante do Brasil na Organização Mundial de Saúde por décadas. Era uma pessoa extremamente educada, afável e sincera! Foi um grande diretor. Tanto que seu nome foi dado ao edifício sede da Ensp (como de praxe!).

Naquele princípio de década, a Capes era coordenada por um economista (considerado *um bonitão*), mas já especializado em assuntos de Educação, Cláudio de Moura e Castro. Começara a aplicação de um novo e revolucionário processo de avaliação de cursos de pós-graduação *stricto sensu*. Depois de superar a monumental má vontade interna para atender às exigências da Capes, eu e Tânia Rodrigues, a incansável primeira jovem secretária da pós-graduação, finalmente conseguimos preparar todo aquele calhamaço de papéis e documentos que eram exigidos, formando um imenso dossiê, com páginas e páginas datilografadas. Era tão grande que precisou ser acomodado em várias caixas de papelão para ser enviado a Brasília!

Nessa fase inicial dos programas de mestrado e doutorado participaram vários professores de outras instituições, do Rio e de São Paulo. Valorizava-se muito a participação de colaboradores externos. Jamais me esquecerei, porém, das aulas na Ensp dadas pela extraordinária Cecília Donnangelo, sobre quem já falamos algumas páginas atrás. Foi um acontecimento no Rio e na área! Eu e Cecília terminamos ficando amigas, mas, infelizmente, por pouco tempo. Quando ainda dava suas concorridas aulas na Ensp, teve uma morte trágica em 1982, em uma fatídica colisão de veículos, em que também morreram seu marido e sua mãe. A filha de Cecília, então com cerca de cinco anos, presenciou a tudo. Foi doloroso demais! Lembro como se fosse hoje do dia em que Arouca, que a admirava muito, me disse, no corredor do sétimo andar da Ensp, que ela era a alma e a vida do Departamento de Medicina Preventiva da Faculdade de Medicina da USP. Sempre concordei com ele! Tempos depois, quando Arouca já era um experiente parlamentar, apresentou e defendeu no Congresso Nacional, propostas de que fossem considerados cientistas brasileiros eméritos Ernani Braga, Carlos Chagas Filho, além de outros nomes expressivos das lutas pela Saúde Pública no Brasil como Carlos Gentile de Melo, Samuel Pessoa, e, como não poderia deixar de ser, Cecília Donnangelo!

Naqueles meus quatro anos como coordenadora, o programa recebeu alunos que, posteriormente, vieram a ter grande projeção e visibilidade na política de saúde brasileira, tornando-se lideranças expressivas dessa área. Muitos deles eram militantes do PCB, ainda na clandestinidade, mas se saíram bem na seleção para o mestrado ou doutorado em saúde pública e ingressaram apenas em função dos próprios méritos. Logo voltarei a esse ponto.

Essa concentração de futuras lideranças se deveu ao fato de que havia uma demanda reprimida muito grande para esses programas então em número escasso no Brasil. Entre os vários nomes que alcançaram projeção nacional, menciono os dois que se tornaram Ministros da Saúde: José Saraiva Felipe e José Gomes Temporão, ambos no governo Lula.

Saraiva sempre foi um típico político mineiro. Não me lembro de quando concluiu o seu mestrado, pois à época ele era muito envolvido com a política do velho MDB. Tanto que, em 1985, quando liderou a elaboração da Carta de Montes Claros, já era secretário municipal de saúde. A Carta contemplava as propostas do movimento pela Reforma Sanitária para a denominada *Nova República* e propunha o processo de unificação entre o Ministério da Saúde e o antigo Inamps, que Arouca e o movimento sanitarista vinham defendendo, há anos. Com a posse de José Sarney, em 15 de março de 1985, José Saraiva Felipe foi nomeado para a Secretaria de Assistência Médica do antigo Ministério da Previdência e Assistência Social. Como isso tudo sucedia exatamente durante aqueles anos em que estava estudando na Ensp, é provável que só tenha concluído seu mestrado posteriormente. Saraiva já estava no terceiro mandato como deputado federal quando se tornou Ministro da Saúde ao final do primeiro governo de Luiz Inácio Lula da Silva (2002-2006). Na sua gestão no ministério, assim como outros ministros que o antecederam, enfrentou dificuldades com as grandes empresas farmacêuticas multinacionais nas negociações relativas aos preços dos medicamentos para a Aids. Outro tema que lhe proporcionou enfrentamentos foi o da regulamentação das normas técnicas do SUS para o aborto. Saiu logo do cargo, devido a alegações de envolvimento em casos de favorecimento de empresas nos processos de licitação do Ministério da Saúde. Felizmente, foi inocentado das acusações. Arouca não gostaria de ver um dos seus ex-alunos do mestrado e colega parlamentar envolvido com corrupção!

Temporão, por sua vez, foi indicado Ministro da Saúde já no início do segundo governo Lula. Segundo declarou à imprensa, logo que assumiu o ministério, nos tempos em que ainda elaborava seu trabalho de conclusão do mestrado em saúde pública, militava no PCB. Fiquei surpresa, pois jamais soube dessa sua ligação política passada! Na sua dissertação de mestrado Temporão analisou a questão da regulamentação da propaganda de medicamentos – ou dos *conteúdos publicitários*, como escreveu. Foi um trabalho importante porque esse tema, até então, tinha sido pouco estudado, ou abordado apenas de um ponto de vista puramente ideológico. Assim como Arouca, também fiz parte da banca examinadora e o candidato mereceu a nota *"distinção com louvor"*. Quando participava da diretoria do CEBES Temporão me estimulou a publicar, em 1982, um pequeno artigo, quase um excerto, na revista *Saúde em Debate*, contemplando uma breve história das disputas entre *"comadres, parteiras e médicos"*. Repetia assim o que David Capistrano fizera alguns anos antes!

Posteriormente, Temporão continuou seu trabalho como professor e pesquisador da Ensp, realizando vários outros estudos sobre a temática da indústria farmacêutica. No começo de 2001, ocupou o cargo de sub-secretário de saúde da Prefeitura do Rio de Janeiro na gestão de Sergio Arouca. Posteriormente, foi designado para a Secretaria de Assistência Médica do Ministério da Saúde e também veio a ser presidente do Instituto Nacional do Câncer (Inca), no Rio de Janeiro. Uma trajetória que o tornou totalmente qualificado para, mais do que simplesmente ocupar o cargo de Ministro da Saúde, enfrentar questões polêmicas que se arrastam há décadas no Brasil. Temporão, logo depois de nomeado, deu declarações a favor da legalização da prática do aborto, pelo peso que esta, por ser clandestina, tem sobre a mortalidade materna.

Como o fez às vésperas da visita do papa Bento XVI ao Brasil, em maio de 2007, o assunto passou a ocupar grande espaço no noticiário. Certa conhecida revista semanal apressou-se em afirmar que, com aquelas declarações, estava sendo oportunista, ou seja, era para "aparecer" na imprensa. Mas Temporão sempre foi um técnico e administrador bastante discreto. Além de competente, sempre foi um professor, pesquisador e gestor profundamente ético. Qualidades que se espera de qualquer administrador, mas que no Brasil estão se revelando raras!

Simultaneamente a essa polêmica sobre legalização do aborto, imediatamente após assumir, o Ministro Temporão conduziu para que o governo brasileiro, pela primeira vez, aplicasse a providência da licença compulsória para a fabricação de certos medicamentos no País. Trata-se de medida perfeitamente estabelecida e de aplicação prevista em fóruns e acordos comerciais internacionais. Ao aplicá-la, o Brasil poderá produzir novos medicamentos para tratamento da Aids que são protegidos pelos direitos de patente, ou seja, de monopólio para a comercialização pelo detentor do direito de propriedade industrial. Decisão difícil e capaz de levar o País a sofrer novas retaliações comerciais, mas, sem dúvida, necessária. A Fiocruz, através de Far-Manguinhos, uma de suas unidades técnicas, encarrega-se da produção desses medicamentos essenciais. Não pretendo, porém, desenvolver aqui a análise de temas como aborto, acessibilidade e produção de medicamentos e bioética. Não seria apropriado e estaria desviando o foco do livro, muito embora Arouca tenha sempre estado envolvido e incentivado o debate desses assuntos, todos eles centrais em matéria de política de saúde. Ele, certamente, estaria tranqüilo e orgulhoso com a presença de Temporão à frente do Ministério da Saúde!

Mas, voltando à pós-graduação da Ensp, como coordenadora, inicialmente, eu sofria pressões de todos os lados para matricular alunos, fosse porque eram militares ou militantes da esquerda. Quis acabar com esse tipo de favorecimento, não importa de onde partisse e qual fosse o argumento. E devo dizer, sem falsa modéstia, que sai vitoriosa, embora arcando com o ônus pesado dessa conquista! Tinha a mesma idade ou era mais jovem que a maior parte dos candidatos. Penso que fui muito corajosa ao enfrentar e resistir firmemente àquelas investidas todas. Para mim, era definitivo: apenas o mérito acadêmico deveria ser respeitado na seleção de novos alunos. Assim como Arouca, havia ingressado na Ensp com pouco mais de 30 anos, já com meu título de doutorado obtido dentro da maior lisura acadêmica. Não era possível esquecer que ambos havíamos ingressado na instituição através de um concurso público em que foi preciso vencer as pressões de militares com base apenas no mérito. A Ensp não experimentava a mesma situação que o Departamento de Medicina Preventiva e Social enfrentara em Campinas, quando, mais do que solidariedade, era um gesto de extrema coragem acolher militantes da esquerda, como David Capistrano, que tinham sido perseguidos ou presos pela ditadura militar, e que se formavam e eram proibidos de cursar a pós-graduação. Ao contrário, vivíamos o momento inicial da luta pela ampliação democrática do acesso à pós-graduação *stricto sensu* no Brasil, mas aliada à busca pela excelência. Não me parecia ser o caso de estar a protegê-los ou, melhor, de favorecê-los, facilitando o ingresso, atendendo a imposição de qualquer outro interesse que não o acadêmico. Entendia que era preciso democratizar o acesso sim, mas sem prejuízo da busca pela qualidade dos programas.

Assegurei isenção e igualdade nos direitos dos candidatos nas provas de seleção que ocorreram até 1982. Mas minha intransigência nessa matéria quase destrói minha amizade com Arouca! Felizmente, não foi o que sucedeu. Nossa amizade prevaleceu anos e anos depois daqueles episódios porque ele, como sempre, teve a sabedoria de sair fora da querela no momento certo, ao perceber a conseqüência desastrosa que dela poderia derivar!

No meu último ano como coordenadora da pós-graduação da Ensp, Arouca foi eleito Chefe do Departamento de Planejamento em Saúde, exatamente cinco anos depois de ter sido aprovado naquele concurso público. Tinha acabado de retornar ao Brasil, de volta da América Central, onde permanecera por um período de dois anos. Voltou endurecido da Nicarágua. Agora, na condição de Chefe do Departamento, passou a insistir comigo para que mudasse a orientação que vinha dando ao processo de seleção de alunos, mas sem jamais argumentar a favor de qualquer candidato em particular! Mas o fato é que eu estava sendo acusada de autoritária pelos preteridos e seus aliados. E não iria mesmo ceder a essas pressões e acusações. Além do que, a coordenação da pós-graduação não era subordinada ao Chefe do Departamento e sim à direção da Escola, que me apoiava totalmente.

De fato, hoje vejo que a seleção era demasiado rigorosa, tanto que, a cada ano, sobravam algumas vagas sem preencher. Mas tanto rigor era justificável, pois era preciso que o processo fosse bastante seletivo para merecer o reconhecimento da Capes, que estipulava os critérios de avaliação dos cursos. Revendo agora esse assunto, tantos anos depois, acredito que as bancas de seleção, compostas por profissionais muito exigentes, poderiam ter sido mais flexíveis! Mas, para mim, ainda é difícil avaliar aquelas experiências! Durante muito tempo fiquei magoada com Arouca pela maneira como me tratou naqueles episódios. Pela primeira vez na vida, achei que foi injusto comigo! Afinal, havia sido para livrá-lo da pecha de inepto que eu assumira a coordenação e nada mais fizera do que, em face das ameaças de ingerência, quaisquer que fossem elas, defender acima de tudo, a regra do mérito científico e o respeito à autonomia acadêmica. Apesar dos apelos insistentes do Dr. Ernani Braga para que continuasse no exercício da função por mais alguns anos, em 1983, irremediavelmente decepcionada, ao cabo de quatro anos, decidi deixar de vez a coordenação dos programas. Decisão irrevogável!

Essa foi a primeira vez que tomei consciência do modo como Arouca via a questão do mérito acadêmico e que voltou a exibir em outras ocasiões, na Fiocruz. Não hesitava em relegar o critério do mérito para um segundo nível na sua escala de prioridades, em face dos interesses políticos que avaliasse como relevantes! Esse modo de agir, com efeito, pode dar origem a certas ambigüidades. Mas o tempo me ensinou a reconhecer a importância da inclusão do critério da relevância política, como componente essencial nas avaliações acadêmicas, na discussão das prioridades de pesquisa e de ensino. E isso nada tem a ver com favoritismos e cartas marcadas! Além do mais, assim como Arouca, continuo acreditando que na democracia demandas partidárias não podem ser tratadas como se fossem relevantes em si mesmas e deixar de ser avaliadas com a devida isenção e transparência. O resultado é que, devido às minhas divergências internas nesse quesito, depois de me dedicar tanto àquela pós-graduação, com boa dose de maniqueísmo, encravaram em minhas costas a pecha de autoritária! Não foi fácil conviver com esse injusto estigma que, para minha sorte, ficou registrado na memória de apenas uma parcela pequena da Fiocruz. Aquela não foi, porém, a única vez que tive que enfrentar discordâncias ideológicas. Entendo que conflitos dessa natureza não são um problema exclusivo da Fiocruz, pois são decorrentes da interpretação "basista" da política institucional, manifestada por certas linhagens de esquerda atuantes em ambientes acadêmicos.

Foram anos de grande importância na trajetória histórica dos programas de pós-graduação *sctricto sensu* no Brasil, de modo geral. No caso particular da Ensp, os programas receberam a primeira avaliação positiva da Capes, conferida ao mestrado; depois houve a criação do Doutorado; pela primeira vez, professores colaboradores de alto nível participavam. Como já disse, das primeiras turmas de alunos saíram várias lideranças expressivas da Saúde Coletiva. Nas coordenações que se seguiram, os programas se consolidaram e as sucessivas avaliações positivas continuaram a repercutir por toda a América Latina e Caribe, passando a receber um número crescente de alunos estrangeiros.

Apesar dos problemas que enfrentei naqueles anos, passei a me sentir cada vez mais confortável e adaptada na Escola Nacional de Saúde Pública. Ao cabo de um tempo, desisti de vez da Unicamp! As pessoas se vão e as instituições permanecem, mas a trajetória destas últimas também é sempre circunstancial!

CAPÍTULO 11

RESGATANDO A ALMA DA FUNDAÇÃO OSWALDO CRUZ

Deixei a Ensp em 1985. Pela terceira vez na minha vida, atendia a um convite profissional empolgado de Arouca! E embarquei com ele na aventura arriscada que foi assumir a presidência da Fiocruz. Com efeito, oito anos depois de ingressar na Escola Nacional de Saúde Pública, precisamente no dia 3 de maio de 1985, Arouca já estava subindo as escadarias do magnífico Castelo Mourisco de Manguinhos na condição de presidente da Fundação Oswaldo Cruz: "Assumi a presidência da Fundação Osvaldo Cruz no início da redemocratização e peguei uma instituição que estava falida. O processo de reerguimento tinha começado com o Geisel, apoiado por companheiros que estavam na Finep, gente do Partidão que conseguia passar dinheiro para a Fundação Osvaldo Cruz. Fui presidente de 1985 a 1989" (Trecho da entrevista *Doutor Democracia*, para o Pasquim, agosto de 2002).

Arouca ainda não tinha 50 anos quando se tornou presidente da Fundação Oswaldo Cruz. É uma missão de enorme responsabilidade! A Fiocruz é uma grande instituição pública vinculada ao Ministério da Saúde. Além da pesquisa científica nas áreas biomédica e das políticas de saúde, a instituição exerce diversas outras atividades estratégicas. Destacam-se as atividades de ensino de pós-graduação, as ligadas à produção de diversos medicamentos essenciais, vacinas e reagentes diagnósticos, de controle de qualidade de produtos de amplo consumo e que são essenciais à saúde humana, além da prestação de serviços de assistência médica, possuindo unidades básicas de saúde, ambulatórios e hospitais.

O internacionalmente renomado cientista Carlos Morel, um dos ex-presidentes da Fiocruz que sucederam à Arouca, pontuou com as seguintes palavras a importância deste último para a instituição: "Como esquecer aqueles dias de 1985? Sua posse como Presidente da Fiocruz foi o estopim de uma verdadeira revolução institucional. Uma revolução científica, organizacional, tecnológica, ética e, sobretudo, política – política com um imenso "P" maiúsculo – que se desdobra e frutifica até os dias de hoje."

Com efeito, não é exagero afirmar que Arouca conduziu uma verdadeira revolução científica, organizacional, tecnológica, ética e, sobretudo, política na instituição que presidiu e que já então era quase centenária! E, nesse processo, um número muito grande de colaboradores foi responsável, junto com ele, pelo processo de *"resgate da alma"* da Fiocruz. Tenho comigo que os anos que trabalhei com Arouca, na presidência, foram dos mais criativos de minha vida profissional.

A iniciativa de sua candidatura para presidente da Fiocruz partiu de um movimento interno, mas teve o apoio de uma frente suprapartidária. Essa frente era reforçada pelos médicos sanitaristas Eleutério Rodriguez Neto, então secretário-geral do Ministério da Saúde na gestão do Ministro Carlos Sant´Anna e Fabíola Aguiar Nunes, ex-secretária nacional de programas especiais em saúde e esposa deste último.

E os tempos de Arouca na presidência foram gloriosos, verdadeiramente impecáveis! Sob o arejamento político propiciado pela redemocratização do País, a Fiocruz tinha presença quase cotidiana na mídia nacional e aparecia com freqüência na internacional. De tão prestigiosa, a instituição passou a ser parada obrigatória das maiores personalidades da política internacional em visita ao Brasil. Entre outros, estiveram por lá François Miterrand, então Presidente da França, assim como Mario Soares, Primeiro Ministro de Portugal, e Fidel Castro, que ainda exercia enorme fascínio sobre a esquerda brasileira. Ou melhor, exerce ainda, só que tanto a esquerda quanto o Brasil de hoje, passados mais de vinte anos, são muito diferentes!

Dentre os muitos eventos bonitos desse período, sem dúvida, o mais marcante foi a reintegração de treze velhinhos pesquisadores que haviam sido cassados pelo governo de Emílio Garrastazu Médici, durante o episódio que ficou conhecido como *"Massacre de Manguinhos"*. Arouca tinha a explicação para a importância do processo de reintegração dos cassados de Manguinhos. Segundo ele, a Fiocruz era "uma instituição que tinha perdido a capacidade de dar respostas e tinha uma coisa que era quase simbólica: os cassados. Era preciso trazê-los de volta. Os melhores pesquisadores do Brasil estavam pelo mundo inteiro. Então me dediquei a isso, dizendo que primeiro era preciso recuperar a alma daquela instituição. Para isso, não adianta pintar prédio. Recuperar a alma é trazer os cassados". (Seguem-se mais dois trechos da entrevista de Sergio Arouca, *Doutor Democracia*, ao Pasquim, n. 28 de 27 de agosto de 2002).

A burocracia era o obstáculo a vencer para que a Fiocruz pudesse *"recuperar a alma"* perdida: "Eu tinha autorização do presidente da República, o Sarney, para trazer, e chegava um burocrata e dizia: – Não pode, está proibido contratar! E diziam: - Não pode, porque eles foram aposentados! Aquela confusão burocrática que você, nem com o apoio do presidente da República, consegue fazer. Eu almoçava com eles no restaurante do aeroporto uma vez por mês e dizia que não estava conseguindo. Parecia loucura. Aí apareceu a epidemia de dengue. O ministro manda um recado e diz que estou autorizado, em função de emergência sanitária, a contratar 15 pesquisadores para combater a dengue por período transitório. Eu falei: – Pronto, acabou! Não precisa de pesquisador para combater a dengue, para isso contrato mata-mosquito e não pesquisador! Naquele momento de surto epidêmico não vou contratar pesquisador. Peguei as 15 vagas e os contratei para pesquisar a dengue e nenhum deles sabia nada de dengue, e só por seis meses. Fiz uma posse deles maravilhosa! Darcy Ribeiro, Ulysses Guimarães, Chico Buarque, fizemos um carnaval na frente da sede da Fiocruz. Quando terminou, eu disse ao ministro: – Como são só seis meses quero ver vocês cassarem eles de novo. Demitam vocês! Ficaram lá até hoje. Recomeçaram. Eram pesquisadores de peso. Criei laboratório para eles, como o laboratório de farmacologia para estudar novos medicamentos nas plantas brasileiras." A história de vida de Sergio Arouca ficaria, assim, para sempre atada ao soerguimento da *Phoenix* de Manguinhos!

Como já disse, o período em que trabalhei com Arouca na presidência da Fiocruz foi dos mais ricos que experimentei em minha carreira profissional. Tenho muito que contar dessa época. Certamente, cada profissional e cada amigo que conviveu com ele tem histórias e mais histórias para contar daquele período. Mas aqui não pretendo me alongar em demasia nos detalhes dessa fase de sua longa biografia institucional, a melhor documentada de todas na Biblioteca Virtual Sergio Arouca. Basta dizer que durante a gestão de Arouca (1985-1989) a Fiocruz passou por transformações profundas e definitivas em todos os seus setores, nada escapando daquela verdadeira maré de renovação e arejamento! A cada dia, a instituição renascia jubilosa! Em um primeiro momento, foi estratégico investigar, analisar e esclarecer como haviam caminhado até então, no plano ético, as práticas institucionais. Mas sem desviar, em momento algum, para perseguições e retaliações! Seguiu-se a criação planejada, mas frenética e apaixonada, de várias áreas e estruturas técnicas novas, enquanto se procurava o caminho para mudar radicalmente os setores mais esclerosados. No plano da gestão institucional, a palavra de ordem passou a ser democratização: novos órgãos colegiados, regimentos, regulamentos e, sobretudo, um novo Estatuto para a Fiocruz.

A partir do período Arouca ficou estabelecida a eleição direta de nomes para compor uma lista tríplice de candidatos à presidência, a ser enviada ao Ministro da Saúde. Na definição final, como passou a ser de praxe nas instituições universitárias, o indicado é quase sempre o nome mais votado da lista. Esse processo participativo expandiu-se, com eleições internas para os demais dirigentes das unidades e com o tempo se consolidou, carreando numerosas e duradouras conseqüências positivas. Mas esses processos corporativos internos geram também conseqüências negativas. Geralmente o julgamento político acaba se sobrepondo ao do mérito. Mas para a carreira acadêmica ser eficaz, as diferenças de mérito e desempenho entre profissionais precisam ser muito bem salientadas. O afastamento dessa regra aumenta a possibilidade de se instalar um processo medíocre lento, às vezes silencioso, mas progressivo! Penso que qualquer instituição de ensino e pesquisa arrisca-se a sair dos trilhos quando passa a prevalecer uma única perspectiva na determinação de seus rumos, seja ela corporativo-sindical, empresarial, partidária ou, até mesmo, de governo.

Meritocracia *versus* democratismo. Esse foi o tema da última longa conversa que tive com Arouca, certa manhã de 2001, caminhando ao redor da Lagoa Rodrigo de Freitas! Concordávamos, finalmente, que, se não constitui uma prática saudável considerar uma instituição universitária como *locus* por excelência da mais pura exclusão social, torná-la regulada por uma interpretação totalitária de igualitarismo, sem considerar devidamente o mérito, tampouco é salutar.

Não poderia deixar de dizer aqui que, por volta de 1986-88, como presidente da Fiocruz, Arouca me indicava sistematicamente para representar a instituição nos foros e entidades de discussão de questões políticas diversas da área de ciência e tecnologia. Passamos a mergulhar de cabeça nessas discussões. Descobríamos, a cada dia, sua importância estratégica para o Brasil. Temas como direitos de propriedade intelectual, política tecnológica, oferta tecnológica de novas biotecnologias de aplicação em saúde, e oportunidades e riscos dos vínculos universidade/empresas e inovação, passaram a integrar a agenda da Fiocruz. Digamos que aquele tenha sido o momento do *"pulo do gato"* institucional para dentro da modernidade! E, de fato, daí em diante, nesse terreno tecnológico, ela protagonizou conquistas muito à frente de outras instituições brasileiras, graças aos ciclos de debates e seminários que Arouca promoveu, reunindo *expertise* de todo o Brasil. O primeiro deles, de extrema relevância histórica, colocava como proposta de discussão a seguinte indagação estratégica e inédita: *"Que política tecnológica para qual política de saúde?"*.

Um único exemplo é suficiente para ilustrar o que representou toda aquela transformação institucional: o laboratório de produção de medicamentos para o SUS deixou de ser, nas palavras de Arouca, um modesto barracão que abrigava uma precária *"padaria de fabricar pílula de sulfato ferroso"* (um medicamento importante para tratar anemia por deficiência de ferro). Em menos de duas décadas, evoluiu incessantemente até se tornar um importante e estratégico centro de pesquisa, desenvolvimento tecnológico e produção de medicamentos. Na atualidade, o internacionalmente afamado *Far-Manguinhos* tornou-se o recurso decisivo para o Brasil derrubar, além das taxas de mortalidade pela Aids, os preços dos medicamentos que compõem o caro "coquetel" ingerido pelos milhares de pacientes e portadores dessa virose que o recebem gratuitamente no SUS. Esse programa da Aids é reconhecidamente considerado o mais bem-sucedido em todo o mundo! Não o seria, sem a participação estratégica da Fiocruz!

Em 1988, durante a Assembléia Nacional Constituinte, enquanto Arouca liderava na discussão da Saúde, eu, sempre indicada por ele, .participava ativamente das discussões que levaram à inclusão da Ciência e Tecnologia pela primeira vez, na Carta Magna Brasileira, juntamente com centenas de militantes aguerridos, profissionais renomados e milhares de outros pesquisadores, professores universitários, engenheiros, arquitetos e sindicalistas da C&T. Uma vasta maioria masculina! Tal envolvimento com a militância foi uma novidade, um acréscimo na minha carreira. Gostaria de registrar aqui que, graças a Arouca, tornei-me a primeira representante oficial de uma instituição de uma das áreas ligadas às políticas sociais nesse movimento! Só bem depois se agregaram outros representantes – homens e mulheres – dessas áreas.

Daqueles anos oitenta, preservo a memória de dois momentos especialmente agradáveis, estando ele na presidência da Fiocruz. Mas são episódios que, para mim, remetem, sobretudo, às nossas afinidades pessoais. Recordo-me de quando fomos, em um pequeno grupo, à casa do cineasta Leon Hirschman, para ver um de seus filmes. A casa de Leon ficava no alto de um dos morros que circundam o bairro do Catumbi, próximo à entrada do Túnel Santa Bárbara, em meio a uma favela. Até a década de 1980, as pessoas que assim o desejassem, podiam residir em algumas áreas próximas das favelas com vista espetacular, e, como dizem as propagandas imobiliárias, "indevassável", de algum ângulo do Rio. Era o caso daquela, cujo nome não me ocorre. Mas agora, a violência tornou essa opção pouco viável, como sabemos. O filme que assistimos encantados era, na verdade, um documentário sobre a psiquiatra Nise da Silveira e o seu *Museu de Imagens do Inconsciente*. Foi quando tomamos conhecimento, pela primeira vez, da relevância e do ineditismo do trabalho da Doutora Nise com seus loucos, artistas de primeira grandeza, como o Bispo do Rosário.

Tampouco posso esquecer de como me surpreendi e fiquei feliz quando Arouca me indicou para ser membro do júri do primeiro festival de vídeos científicos. Foi no Museu de Astronomia (Mast), no bairro de São Cristóvão. Fui jurada, juntamente com o ilustre pesquisador, professor e membro da Academia de Ciências do Vaticano, Carlos Chagas Filho. Naquele ambiente descontraído, o Doutor Chagas, ao não concordar com minhas preferências, virava-se para mim e, para meu constrangimento, com uma ponta de ironia, dizia: "Sabe que você é uma gracinha?". Provavelmente, não se lembrou, ou fingiu não lembrar, da professora da Ensp que tinha proposto ao Conselho Superior da Fiocruz a aprovação de um programa de Doutorado em Saúde Pública! Mas o festival terminou muito bem, com direito a um brinde entre os membros do júri e os vencedores.

Arouca, no início, nem de longe imaginava que, junto com a volta da democracia ao País, iria criar raízes tão profundas no Rio de Janeiro. E menos ainda que fosse estabelecer elos tão estreitos com a Fiocruz, a ponto de, nas três décadas seguintes, depois de alçar vôo rumo à política nacional, não abandonar de vez as salas de aula, para onde voltava sempre que podia. Jamais deixou de exercer inquestionável liderança naquela extraordinária instituição.

O amigo bastante próximo de Arouca, Mario Hamilton, um notório especialista argentino em planejamento em saúde, trabalhou com ele durante 25 anos no Rio. Mario supõe – já não é possível comprovar ou rejeitar tal hipótese – que o tempo em que esteve na Fiocruz teria sido a experiência mais rica da vida de Arouca. Ali, segundo Mario, ele encontrava afeto, humor, companheirismo, criatividade, muita alucinação e a possibilidade de teorizar: "Conheci Arouca em Brasília, no final de 1975. Ambos procurando se esquivar da repressão em nossos países, ele a vigente no Brasil e eu a anunciada na Argentina. Foram longas noites de papos sobre saúde, marxismo e peronismo, regados com abundantes doses de *Teachers*, no Estalão, um bar na zona dos "hotéis", de duvidosa reputação. A partir desse momento, trabalhamos juntos por mais de 20 anos e a intensa convivência foi transformando a parceria em cumplicidade e a amizade em fraternidade. Desfrutei de sua enorme capacidade de desenvolver teoria, de, às vezes, a partir de práticas pontuais, criar fatos novos e de alucinar, como ele gostava de dizer, mas quando penso em meu irmão, para além dessas qualidades, vejo um companheiro sensível aos problemas dos outros, que gozava intensamente cada momento, às vezes meio moleque, acreditando em "mandrakarias", cuja marca ao longo de sua vida foi seriedade e profundidade no que fazer da saúde, mas sem perder a paixão e o bom humor."

É curioso como Arouca se sentia à vontade para incorporar sistematicamente, nas suas falas para a comunidade da Fiocruz, a palavra "alucinação" e o verbo "alucinar", sempre em tom de franca camaradagem: "Temos que ter cuidado. O exercício cotidiano da administração pública, com a sua imensa máquina burocrática, não deve ser motivo para nos deixar menos criativos. É salutar e aconselhável trabalharmos procurando sempre incorporar à gestão uma pequena dose de loucura. Se quisermos construir algo diferente na Fiocruz, não podemos perder a capacidade de alucinar." Segundo o então diretor do Centro de Pesquisa Aggeu Magalhães, em Pernambuco, Rômulo Maciel Filho, essa frase lhe foi dita em uma das muitas agradáveis conversas que teve com Arouca no restaurante preferido dele em Recife, denominado Brasília Teimosa.

(*Brasília Teimosa, alucinações e saudades*, Editorial. Informe do Centro de Pesquisas Aggeu Magalhães, n. 7, julho/agosto de 2003, Recife, Pernambuco)

Por outro lado, Mario Hamilton também considera que a fase de secretário municipal de saúde do Rio de Janeiro, que durou cinco meses, em 2001, foi a pior experiência política e técnico-administrativa da vida de Arouca. Como já disse aqui, sendo César Maia o prefeito do Rio na época, é fácil entender porque se tornou uma experiência tão desgastante. Anos antes, entre 1987 e 1988, ele já vivera uma outra breve passagem como secretário estadual de saúde, quando o governador era Moreira Franco. Nessa ocasião, antes de assumir, Arouca reuniu os companheiros e amigos mais próximos da Fiocruz e os consultou se devia deixar o cargo de presidente e aceitar o convite do governador. Minha opinião foi a de que não deveria! Mas aceitou. Felizmente, licenciou-se da Fiocruz, mas sem se demitir do cargo e pode voltar a ocupá-lo, pouco tempo depois.

Com efeito, Arouca interrompeu sua gestão na presidência da Fiocruz no auge de um processo de enorme criatividade, em plena renovação institucional, que lhe possibilitava visibilidade diária na sociedade. Foi ocupar um cargo de primeiro escalão em um Estado onde, como é sabido, a corrupção, o clientelismo e o populismo sempre tiveram e continuam tendo presença forte. Como era previsível, ficou pouco tempo nessa função, mas fez conquistas importantes, sobretudo na área do controle do sangue para transfusões.

Sarah Escorel destacou um aspecto que considero muito importante e que nos leva a compreender que a capacidade de sedução de Arouca também derivava, ao menos em parte, de sua *"essência de metodólogo"*: "Aliava o grande conhecimento que tinha em todos os aspectos da Saúde Coletiva à sua essência de metodólogo, ainda mais forte que a de formulador de políticas e estratégias. Explico: nas reuniões, em momentos decisivos, de crise, na busca do que fazer, de qual seria a melhor ação naquela conjuntura, todos falavam e Sergio também. Mas ele sabia escutar e, em algum momento, pedia a palavra e assinalava certos aspectos que permitiam que as múltiplas idéias encontrassem um rumo, que se organizassem numa estratégia e se integrassem em um projeto. É como se, diante de milhares de peças de um quebra-cabeça, ele, ao invés de encaixá-las sozinho – ou indicar qual seria a forma de montar – mostrasse que as peças das bordas tinham um dos lados retos. Isso permitia que todos identificassem essas peças e começassem, coletivamente, a compor o quadro." (Depoimento de Sarah Escorel, *Sanitarista Utópico*, Boletim ABRASCO, Rio de Janeiro, n. 88 maio/set. 2003, p. 5.)

CAPÍTULO 12

UM POLÍTICO ÉTICO EM BRASÍLIA

Arouca deixou a presidência da Fiocruz definitivamente em abril de 1989. Saiu para disputar o posto de vice-presidente da República, na chapa do então senador Roberto Freire. Fizeram uma bela campanha, à qual me engajei. Naquela eleição houve concorrentes pesos-pesados de várias legendas políticas. Suponho que todos se lembrem muito bem de que Fernando Collor de Mello, depois de uma acirrada disputa de dois turnos, usando de argumentação torpe, ganhou de Luiz Inácio Lula da Silva. Dois anos depois de eleito, como também sabemos, Collor renunciou ao cargo em função de um processo de *impeachment* que resultou da intensa mobilização popular por todo o País.

Na época daquele processo eleitoral, Freire e Arouca eram as principais lideranças do antigo Partido Comunista Brasileiro. O tema da *revolução científico-tecnológica* aparecia com destaque. Essa expressão até então ainda estava bastante em voga. Ela se origina de certa interpretação marxista da transformação no "modo de produção" determinado pelos avanços da ciência e da tecnologia em períodos distintos da história. Como bem recordou Arouca, o PCB se tornou o primeiro partido brasileiro a colocar essa temática não apenas em sua agenda, mas no centro da política: "Quando estávamos na campanha com Roberto Freire para presidente da República, naquele momento fomos o primeiro partido que começou a colocar no centro da questão política a revolução científico-tecnológica. Qualquer discussão sobre desenvolvimento no Brasil passa por essa questão: aonde nós vamos nos inserir nessa revolução científico-tecnológica? Vamos ficar para trás, com a distância aumentando cada vez mais ou vamos seguir uma forma independente, libertária e criativa da revolução científico-tecnológica?" (Seguem-se trechos da entrevista *O Eterno Guru da Reforma Sanitária*, publicada em RADIS, Comunicação em Saúde, n. 3, outubro de 2002).

Tratava-se então de encontrar a melhor forma de inserir essa discussão no tema do desenvolvimento: "Na discussão com o Freire colocávamos a seguinte questão: Qual é a Volta Redonda do Brasil no próximo século? Volta Redonda, no nosso ciclo de desenvolvimento, foi uma simbolização de como deveríamos entrar na fase da industrialização e iniciar um ciclo industrial. Volta Redonda era o símbolo de o Estado entrar como indutor de desenvolvimento e assumir aquelas funções que a burguesia não estava assumindo no desenvolvimento industrial. Só que Volta Redonda acabou na nova dinâmica do contexto. E nós não fomos capazes de colocar dentro da política a pergunta sobre qual será a Volta Redonda do próximo século."

E elaborava sua própria resposta a esses questionamentos mencionando, pioneiramente, a percepção estratégica que possuía, já ao final da década de 1980, das relações entre capacitação nacional nas biotecnologias avançadas e a rica biodiversidade brasileira: "E quando você entra nisso, em função da revolução científico-tecnológica, vê que é a biodiversidade. Você pode repensar de uma forma autônoma e criativa, como o Estado entra agora. E porque ele não pode entrar como indutor de toda uma área de pesquisa de biotecnologia, em cima da questão da biodiversidade? Não pode entrar como indutor em novos materiais? E depois, globalizar. Uma vez participei de um debate onde queriam que se votasse a favor ou contra a globalização. Você não vota a favor ou contra fatos sociais!" Mas Arouca também chamava atenção para o fato de a *revolução científico-tecnológica* poder exercer impactos sociais negativos sobre os países em desenvolvimento, como o Brasil: "Essa revolução tecnológica tem a característica de transformar grupos humanos em descartáveis e até mesmo uma nação em algo descartável. Para se proteger da globalização, o Estado tem que ser forte e muito mais competente. Nossa pergunta era: Como entrar na revolução científico-tecnológica? Na nossa área, a resposta para esta pergunta seria a biotecnologia, pois nós temos uma das mais ricas biodiversidades do mundo. Nesta área de pesquisa, poderemos trabalhar pela preservação e na produção de novos medicamentos, reagentes e novos alimentos, sem precisar de grandes aparatos técnicos".

O ex-jovem comunista e candidato mal-sucedido a vice-presidente do Brasil, a essas alturas, já era um nome conhecido, de projeção nacional. Tanto que, logo depois, e com quase cem mil votos, foi eleito deputado federal pelo PCB e pelo Estado do Rio de Janeiro. Foi nesse período em que se tornou um dos responsáveis pela criação do Partido Popular Socialista (PPS), oficializada no ano de 1992. Arouca tornou-se presidente regional do PPS, pelo Estado do Rio de Janeiro, e vice-presidente nacional do novo partido político que se propunha o abandono das idéias e da organização marxista-leninista e a opção por uma organização mais moderna e democrática, aberta a novos pensamentos, além do marxista. Após essa famosa cisão, o que restou do antigo "Partidão" passou a ser dirigido pela corrente minoritária do partido que se opusera à criação do PPS.

A partir da sua eleição para o Congresso Nacional, Arouca incorporaria definitivamente em sua agenda política, ao lado da Saúde, o tema da Ciência e Tecnologia, que engloba toda a problemática dos institutos de pesquisa e universidades, com uma interface com a questão da Educação. Como parlamentar, apresentou projetos de grande relevância nesses temas. Entre outros, destacaram-se a regulamentação da biossegurança e do uso de animais em experimentos científicos; a proibição da comercialização do sangue, seus componentes e derivados; a admissão de professores, técnicos e cientistas estrangeiros pelas universidades brasileiras. No Congresso Nacional, embora os militantes do setor da saúde e da área científica o considerassem seu principal porta-voz, não foi um deputado voltado exclusivamente para os desafios e reivindicações emanados dessas esferas. Ao contrário, passou a trabalhar com os mais variados assuntos e problemas nacionais, conquistou o respeito de grande número de parlamentares e, na maior parte das vezes, foi bem compreendido nas posições que assumiu diante de situações legislativas difíceis.

Arouca foi reeleito em 1998, já então pelo PPS, com mais de

trinta mil votos. No intervalo de seis anos entre as duas votações, houve, portanto, uma considerável diminuição no número de seus eleitores no Estado do Rio de Janeiro. A fragilidade do seu partido e a própria estruturação político-partidária e eleitoral no Brasil contribuíram para a perda de visibilidade política de Arouca. E é claro que na primeira eleição para deputado, o peso da condição, então ainda próxima, de ex-presidente da Fiocruz foi muito importante para a expressiva vitória que obteve. Em Brasília, porém, talvez pelo isolamento que se contrapunha a tudo que encontrava em Manguinhos, o período como *"nobre deputado"* terminou sendo muito depressivo. O segundo casamento, com Sarah Escorel, andava de mal a pior. Sentia muito a falta da companhia dos filhos.

Durante toda a década de 1990, aos poucos, passei a trilhar um caminho profissional cada vez mais independente de Sergio Arouca e da Fiocruz. Devido à sua condição de parlamentar, foi um longo período em que estivemos, profissionalmente, um tanto distantes um do outro. A partir de 1992, viajava com regularidade para Brasília, por ter sido indicada pela Fiocruz e pela Associação Brasileira de Pós-Graduação em Saúde Coletiva (Abrasco) para atuar como sua representante junto ao Conselho Nacional de Saúde (CNS), na Comissão de Ciência e Tecnologia em Saúde. Logo depois, além de continuar atuando no Conselho, passei a trabalhar como assessora do Ministério da Saúde, onde permaneci até 1997. Foi o período em que eclodiu, na África, a epidemia do vírus Ebola. Participava do desenvolvimento de um projeto nacional para o enfrentamento das doenças infecciosas novas, emergentes e reemergentes, e que também contemplava as relações dessas enfermidades com questões desafiadoras como a capacitação dos laboratórios de saúde pública em biossegurança e o problema das armas biológicas nos Estados Unidos e no Iraque. Simultaneamente, participava ativamente do rumoroso processo de elaboração e de aprovação da Resolução 196, de outubro de 1996, do CNS, que regulamentou os aspectos éticos da pesquisa em seres humanos no Brasil. Para completar, ainda me envolvi completamente com a organização da 1ª Conferência Nacional de Ciência e Tecnologia em Saúde, acontecida em outubro de 1997.

Do Congresso Nacional, ao longo de toda aquela década, Arouca acompanhou de perto e participou do desenvolvimento desses processos e dos importantes acontecimentos que suscitavam, pois, por sua relevância, evidentemente, envolveram as bancadas parlamentares da saúde e da ciência e tecnologia. Dedicava-se à elaboração, apresentação e defesa, no Congresso, de um projeto sobre biossegurança, entre outros. Arouca me convidou algumas vezes para trabalhar com ele no Congresso, mas, comprometida com os trabalhos do Ministério da Saúde e do CNS, continuei por lá. De qualquer forma, estávamos mesmo sempre em contato! Nos anos seguintes, continuei a viajar com freqüência semanal para Brasília, mas na condição de assessora da presidência do Conselho Nacional de Desenvolvimento Científico e Tecnológico, o CNPq, e de outros órgãos vinculados ao Ministério da Ciência e Tecnologia. Durante toda essa fase, encontrei-me com Arouca inúmeras vezes, fosse por razões políticas, devido à natureza dos trabalhos que eu vinha exercendo, ou simplesmente para matar a saudades do amigo de juventude! Encontrávamos-nos sempre em lugares públicos: no Congresso Nacional, nos aeroportos e em grandes eventos. Em uma das raras ocasiões em que estávamos jantando a sós em um dos restaurantes de Brasília, ele me disse que, ressalvados os encontros e reuniões de políticos, raramente tinha oportunidade de sair para jantar com os amigos. Nessas oportunidades, geralmente estava na companhia de Eleutério Rodriguez Neto ou Eric Rosas, médicos sanitaristas amigos e companheiros de militância desde os tempos do "Partidão", ou então, de algum assessor parlamentar. Dado a visitas freqüentes ao Brasil, recordo que também participava desses encontros o senador comunista italiano Giovanni Berliguer. Eric faleceu ainda relativamente jovem, pouco antes de Arouca. Eleutério quase sempre se manteve como uma figura destacada no ambiente da política nacional de saúde, mas afastou-se ao final da década de 1990 em decorrência de graves problemas de saúde. Certamente dois amigos que fizeram enorme falta a Arouca nos seus últimos anos de vida!

De seu gabinete, como nos dos demais parlamentares, compulsoriamente, se ouvia os discursos transmitidos ininterrupta – e irritantemente – pela Rádio Câmara. Ao final do seu período como parlamentar, ficava evidente que Arouca já não curtia aquela rotina agitada, com infindáveis idas e vindas pelos longos corredores do Congresso: da plenária ao gabinete; do gabinete para a plenária; do gabinete para o apartamento compartilhado com algum outro deputado e assim por diante. Além do mais, as cansativas viagens aéreas semanais entre Brasília e Rio de Janeiro.

Sarah Escorel confirmou essa impressão ao dizer que Arouca "Gostava de Política com P maiúsculo. Não conseguia subordinar-se às regras partidárias embora tenha sido fiel ao 'Partidão' até morrer. Foi muito infeliz durante o tempo em que foi parlamentar. Todos os dias, dizia que ia para a Câmara 'apanhar', a diferença era só de quanto seria a surra, já que diuturnamente a oposição era derrotada por uma enorme margem de votos." (Depoimento de Sarah Escorel, *Sanitarista Utópico*, Boletim ABRASCO, Rio de Janeiro, n. 88 maio/set. 2003, p. 5).

Um nobre deputado que revela, no modo de se vestir, não ter maior apego à liturgia do cargo, não constitui algo de tão inusitado no Brasil. Sabemos que não são tão poucos os parlamentares que comparecem ao trabalho usando trajes exóticos, alguns beirando ao grotesco. Arouca, porém, não era um deles. Sempre estava de terno com o pequeno broche de deputado federal fincado na lapela e gravata. O terno é que era – ou parecia ser – sempre o mesmo: azul claro, quase cinza desbotado e amassado. Só usava camisas brancas, sempre limpas, mas quase sempre de punhos corroídos. Causava impressão de desamparo! Mas, de modo algum, era uma forma de desacato ao Poder Legislativo, como acontece com alguns parlamentares. Salvo na fase de presidente da Fiocruz, quando usava ternos alinhados, Arouca levou para o Congresso a eterna maneira negligente de se vestir, com a qual eu já me habituara, desde os tempos de Campinas.

Por seu histórico no Congresso, tornou-se conhecido como um dos parlamentares mais produtivos do período. Dentro do quadro geral da política nacional, jamais foi classificado como um político populista. E não era mesmo, apesar de carismático! Como deputado, cada ano mais envelhecido, mantinha seu poder sedutor, ainda que menos intenso. Continuava sendo parcimonioso no manejo do carisma de que tinha consciência possuir. Jamais o vi manipulando essa sua faceta de modo demagógico. Tendo morrido em 2003, não vivenciou a fase crítica das Comissões Parlamentares de Inquérito relativas ao malfadado "mensalão" e aos outros sucessivos escândalos. Mas, enquanto parlamentar, escolado, cuidava para manter uma distância cautelosa de certos políticos. Não tinha por costume tecer comentários negativos a respeito dos colegas parlamentares de acordo com o partido de procedência. Pluralista como sempre foi, apreciava ouvir e comentar as mais variadas propostas e projetos e não economizava elogios para o parlamentar que considerasse um grande homem público, independente do partido a que pertencesse.

Marília e Sergio Arouca, em 2001.

CAPÍTULO 13

AFETOS

Aproxima-se o momento de encerrar este mergulho em minhas recordações. E não posso fazê-lo sem recordar algo mais sobre a vida afetiva e amorosa de Sergio Arouca.

Quanto à relação dele com os pais, que sempre moraram em Ribeirão Preto, devo dizer que ela sempre me pareceu impregnada de silêncio e melancolia. Mas é bem provável que eu tenha estado equivocada! Foi tão pouco o que conversamos ao longo dos anos sobre nossos pais e irmãos! Os pais faleceram antes dele. Fisicamente, não se parecia com o irmão, o consagrado jurista graduado pela USP José Carlos Arouca, autor de vários livros nas áreas do Trabalho e das questões sindicais, mas se davam muito bem!

Três médicas sanitaristas e com militância política intensa no campo da saúde, todas elas mulheres de forte personalidade: refiro-me, naturalmente, às que foram centrais na sua vida amorosa e com as quais teve casamentos mais ou menos duradouros. Acompanhei, sempre muito à distância, a evolução de outros namoros e romances breves que Arouca teve ao longo de sua vida. Pelo menos os que chegaram a ser do meu conhecimento, sempre envolveram mulheres com atuação na área, destacada ou não. Fixação? Falta de opção? Destino? Como é que vou saber? É curioso: tanto tempo de amizade e nunca fomos de conversar muito sobre vida amorosa! Mas me recordo que, certa vez, ele alegou de público que, como não tinha tempo para namorar em outros lugares, suas namoradas acabavam sendo todas da área da saúde pública!

Quanto aos quatro filhos que teve, sempre demonstrou amá-los intensamente e eles, por sua vez, sempre me pareceram carinhosos com o pai.

Os dois primeiros casamentos terminaram de modo conflituoso. Não gosto de traições, de modo geral, e não apenas das amorosas. Jamais, porém, me dispus a fazer qualquer julgamento moral a respeito desses acontecimentos e, evidentemente, não será aqui que irei fazê-lo. Apenas posso dizer que foram separações seguidas de períodos bastante sofridos para todos os envolvidos diretamente.

Para mim, o que importa, é que os dois padecidos processos de separação matrimonial de Arouca não tinham por que interferir com nossa amizade. E não interferiram, nem ao menos remotamente! Aliás, devo acrescentar que, de minha parte, sequer interferiram na relação que sempre mantive com as suas ex-esposas. Sempre me pareceu natural que, sendo Sarah Escorel bem mais jovem do que eu, nossos contatos profissionais e pessoais não tenham sido tão próximos como os que Anamaria e eu mantivemos.

A última mulher com quem Arouca viveu foi Lúcia Souto. A atuação político-partidária os aproximou, pois ela era deputada estadual pelo PPS no Rio de Janeiro. Quando explodiu esse derradeiro romance, ambos já estavam bem maduros, na faixa dos cinqüenta a sessenta anos de idade. Quando se uniram, os dois tinham filhos de casamentos anteriores, já adultos ou quase. Lúcia foi uma companheira dedicada nos últimos anos de vida de Arouca.

Finalmente, não obstante jamais termos sido amantes, ou sequer namorados, devo dizer que me considero uma das mulheres da vida de Arouca! Divago algumas vezes sobre a razão para nosso afeto platônico ter se tornado mais duradouro do que muitos romances. Um ingrediente forte que certamente contribuiu foi o inabalável respeito mútuo. De qualquer modo, apelos eróticos, fortuitos ou não, ou nunca aconteceram, ou a vida nos impediu de deixá-los amadurecer! Quem sabe? O que sei é que não me arrependo, nem muito menos lamento que tenham sempre permanecido platônicos!

CAPÍTULO 14

AGONIA E MORTE

Naquele dia de agosto de 2003 eu estava acompanhando a primeira *Festa Literária Internacional de Parati*. No encontro casual com alguém da Fiocruz a notícia me pegou em cheio, provocando uma sensação ruim, como uma pancada súbita na cabeça: Arouca havia sido internado novamente.

Voltei para o Rio logo em seguida porque a FLIP já ia se encerrando e, além do mais, a angústia havia tomado conta de mim. Precisava comprovar se era verdade o que temia!

De pé, ao lado do leito do hospital, a filha do meio, Nina. O brilho intenso dos belos olhos revelava a esperança, talvez certeza, na recuperação do pai. Ao meu primeiro olhar médico, porém, a gravidade do momento mostrou-se demasiado evidente.

Lúcido, Sergio Arouca espichou aquele olhar meigo tão familiar na minha direção, e, com um fio de voz, murmurou: – *Que bom que você veio!*

Seu olhar parecia ainda mais doce. Permaneci por algum tempo a seu lado, sem nada dizer, apenas pousando minha mão sobre a que mantinha repousando no lençol branco.

Despedi-me dele carinhosamente.

Devastada, dirigi meu carro em meio ao barulho ensurdecedor das ruas sempre abarrotadas de pessoas e veículos de Copacabana.

Dois dias depois, Arouca morreu na casa de Lúcia Souto. O velho sobrado fica em uma rua agradável, escondida, sem saída. Mais parece um pequeno largo, no bairro Fonte da Saudade, limítrofe ao Humaitá.

Esse local é bem próximo da Lagoa Rodrigo de Freitas, onde ele costumava caminhar nas manhãs ensolaradas. Eu ainda caminho por lá, sempre que estou no Rio. Acho que o farei enquanto tiver condições físicas para tanto! E ao lembrar do amigo querido, infinitas vezes, a mim mesma indagarei: e os seus sonhos? E as suas alucinações? Para onde foram?

CAPÍTULO 16

EPÍLOGO

Poucos dias depois, o clima estava seco em Brasília, como de costume naquela bela região do cerrado, porém cada vez mais degradada pela urbanização desenfreada. Com a perplexidade ainda estampada nas faces, conselheiros e demais presentes a mais uma reunião ordinária do Conselho Nacional de Saúde acompanhavam em silêncio a mensagem do representante do Ministério da Saúde: "Proponho a esta plenária que a próxima 12ª Conferência Nacional de Saúde seja nomeada de Conferência Sergio Arouca!".

Na apertada sala improvisada de auditório, os aplausos fartos e prolongados repercutiram a homenagem ao sanitarista.

Outros inúmeros tributos, pequenos e grandes, continuaram pipocando por todo o País. Alguns emergiram do exterior. Prêmios importantes, medalhas e outras homenagens *post mortem* aconteceram por um bom tempo. Depois escassearam, até que pratica-

EPÍLOGO

mente cessaram. É normal que assim seja. Ocorre sempre da mesma forma quando morre uma celebridade.

Gostaria que jamais se esquecessem de Antonio Sergio da Silva Arouca. Mas apenas alguns nomes, queiramos ou não, são predestinados, ou apenas destinados, a sobreviver através dos tempos.

Não faz sentido, porém, afirmar que alguém é imortal. Somos todos mortais. E, conforme observou Saramago, em seu romance *A Jangada de Pedra*: *"De que serve falar dos que há tantos anos morreram se é a terra que está morta, por si mesma sepultada."*

Encerro aqui essa minha narrativa. Não sei se encontrei as palavras certas para descrever o que queria. Receio sobremaneira não ter sabido traduzir a grandeza que uma amizade intensa e sincera entre duas pessoas pode, por si só, contemplar.

SOBRE A AUTORA

Marília Bernardes Marques é doutora em medicina, pela Faculdade de Medicina da Universidade Estadual de Campinas (Unicamp), estado de São Paulo, onde atuou, na década de 1970, como professora. Na Fundação Oswaldo Cruz (Fiocruz), Rio de Janeiro, atuou como pesquisadora e gestora institucional por mais de 25 anos, tendo sido, no início da década de 1980, professora e coordenadora do Programa de Pós-graduação em Saúde Pública (mestrado e doutorado) da Escola Nacional de Saúde Pública (ENSP). De 1992 a 1996, coordenou a Comissão Nacional de Ciência e Tecnologia do Conselho Nacional de Saúde, tendo sido uma das principais responsáveis pela elaboração da Resolução nº. 196, de outubro de 1996, que estabelece as normas éticas da pesquisa em seres humanos, e também fez parte da primeira composição da Comissão Nacional de Ética em Pesquisa (Conepe). Atualmente, desenvolve estudos em políticas públicas focalizando bioética, ciência, tecnologia, inovação e saúde pública, desenvolve atividades de consultoria, e é autora de grande número de livros, artigos e crônicas.

Lançou em 2005, pela Editora Brasiliense, a coletânia de textos "Saúde Pública, Ética e Mercado no Entreato de Dois Séculos". E, em 2006, pela mesma editora, "O que é célula-tronco."

Impressão

www.pallotti.com.br